涙雨の季節に蒐集家は、

夏に遺した手紙

太田紫織

角川文庫
22965

目次

Characters

雨宮青音
優しくて涙もろい大学生。今は休学中で、第二の故郷・旭川で自分探し中。

村雨望春
優しくて聡明な、ミュゲ社の遺品整理士。サバサバした性格で、頼れるお姉さん。

村雨紫苑
望春の弟。謎めいたカウンセラーで涙のコレクター。鋭い洞察力を持ち、青音にアドバイスをする。

ミュゲ社
人生の最後をトータルコーディネートする葬儀社。葬儀全般から、遺品整理も担当する。

プロローグ

伯父さんは回り道が大好きだった。

二人の時も、伯母さんと三人で出かけた時も。

遠出の時も、ちょっとすぐ近くのスーパーに行くような時でも。

「今日は天気がいいから」

「今日は風が気持ちいいから」

「まだ日暮れまで時間があるから」

理由はいつもそんな調子で、後付けだってわかってた。

まるで楽しい時間を、もう少しだけ引き延ばすように、伯父さんはいつも家に帰る前、ほんのちょっとだけ――或いは『遠回り』ではきかない時間を、よく回り道した。

僕もその『回り道』は嬉しかった。

けれどそんな伯父さんに「仕方ないわね」と笑いながらも、本当は晩御飯の支度や僕の寝る時間が遅くなることを、伯母さんが困っているのに気がついていた僕は、ある日、寄り道しないで早く帰ろうよ、と伯父さんに言ったことがあった。

「たとえ目的地は同じでも、どの道を通るかで、人生は変わるんだ。無駄に見えたとしても必要な回り道はあるんだよ。まっすぐ進むよりも、ほんのちょっとだけ得をする事だってあるんだ」

そう言って僕に片目を瞑ってみせると、伯父さんはまた嬉しそうにハンドルを切った。家で伯母さんが、できあがった夕食を前に、やきもきしているんじゃないかって心配する僕をよそに、伯父さんはどんどん高台へと車を走らせた。

既に日は落ちて、空は暗い。

昼間は明るい木々は、今は黒い影、揺れる怖い影だ。

おばけやクマが怖いちいさな僕は、正直今すぐ帰って、晩御飯が食べたかった。

だけど。

「ほら見てご覧、青音。お月様がまるでシュークリームみたいじゃないか」

街を一望する高台で、伯父さんが嬉しそうに夜空を指差した。

低い位置に顔を出した月は、確かに大きくて丸くて、美味しそうな色をしている。

だけど真っ黄色いその満月の美しさは、幼い僕にはあまり響かなかった。

「お前は花より団子だな。ははは」

だからってなんでもかんでも急いだっていい事はない——伯父さんが高台からの帰り道に寄ったのは、可愛らしいクマの看板が下がったお菓子屋さんだった。

結局もう一件寄り道して、伯父さんはとろっとろのクリームたっぷりのシュークリームと、可愛いチューリップの花束を買って家に帰った。

「本当にもう！」と言いながら、伯母さんはとても嬉しそうで、シュークリームはとても美味しかった。


今になって思い出す、あの時見た満月は本当に綺麗だった。

夜寝る前、ベッドの中でSNSを見る度に、今の自分の居場所に焦る。

本当にこれでいいの？

ここにいていいの？

暗闇の中、ほの暗く照らされた文字の羅列が、僕の焦燥感に火を付け、掻きむしる。

誰かの成功が僕の心に棘を刺し、幸せそうな笑顔が僕への嗤いに見える時がある。

朝起きれば、新しい一日にしゃにむに立ち向かわなきゃいけなくて、こんな憂鬱は忘れてしまうのに。


夜が来る度思うのだ。

これは回り道じゃない。
僕は迷子なんじゃないかって。
伯父さんに聞いて確かめたくなる。
いや、大丈夫だと言って欲しいのだ。あの時みたいに笑って欲しいのだ。

月が見えない夜は、こんな風にスマホの青い光に惑わされる。
月のない夜は。
暗いひとりぼっちの夜は。

第壱話　ヒトリシズカ

壱

昨今のキャンプブームで、すっかりキャンプ場の予約が取りにくくなったと言うけれど、旭川(あさひかわ)からほど近い朱鞠内湖(しゅまりないこ)のキャンプ場は、前日の夜に「行こう!」と急に思い立ったとしても泊まることが出来る、頼もしいキャンプ場だ。

理由は明快で、その敷地面積がものすごく広いからである。

広さ二三・七三㎢を誇る人口ダム湖だ。キャンプ場は一部エリアだけだとしても、それでも十分過ぎるほどに広いのだ。

そしてフィヨルドのように入り込んだ地形をしているこの湖は自然が多く、なによりその景観が美しい。

管理棟等に近い第一サイトエリアから離れ、多少不便だけれど自然の多いサイトに行けば、まさに湖畔を独り占めするような、静かな空間を手に入れることが出来るのだ。

――まぁ、今日は正確には、『二人占め』なんだけれど。

「うわ……それ……ザ・野営って感じでかっこよすぎません?」

伯父さんの愛用していた、年季の入ったゴアテックス製のテントを立てている僕の横で、早々と設営を終えた勇気(ゆうき)さんの拠点を見て、思わず声が出た。

「これ？　DODのヌノイチに、インナーにワラビーテント入れてる」

所謂（いわゆる）、『タープ泊』というやつだ。蚊帳（かや）よりはもうちょっと立派な、専用のインナーテントを入れているものの、プライベートな部分まで剝（む）き出しというか、まさに『漢（おとこ）の野営』感があるというか。

　ようはピンと張った大きな日除（ひよ）けの下に、半分以上がメッシュになった簡易テントをぶら下げているだけの状態だ。

　とはいえ、湖畔の風景を楽しみたい今日のような日なら、そのスタイルはむしろ大正解なんじゃないかって思う。

「タープだけは難易度高い気がして、撥（は）ね上げ式の炎幕（パップテント）にしてみようかとは思ってたんですよね。でもワンポールもかっこいいし、うーん悩むなぁ」

　伯父（おじ）さんのテントはけして悪い物ではないけれど、いかんせん古い。

　これからもこういう機会が増えるなら、せっかくだし、お給料が出たら自分専用の新しいテントを買おうかな、と思っているのだけれど、これがなかなか決まらないでいる。

「テントはピンキリだしなぁ。ワンポールもいいと思うけど、ペグが刺さらない所は困るから、なんだかんだ自立式もいいかと思う。俺も幕は何種類か使い分けてるし」

「ですよねえ」

　一本のポールで立ち上がる三角形のテントは、ティピーテント、モノポールテントとも呼ばれていて、デザインはかっこいいし、何より設営や撤収が楽だという。

伯父さんのテントは設営にそれなりに苦労するし、暑い時期でも快適で身軽な幕を一つ二つは持っておきたい。

「……ううう、悩むなあ」

やっと設営を終えて、折りたたみのチェアをパチパチと組み立てながら、僕は唸った。

「まあ、その『どれにしよう』の時間が一番楽しいし、ゆっくり悩めばいいよ」

組み立て式の簡易ベッドをベンチ代わりに腰を下ろした勇気さんが、炭酸のキャップをパシュッと開けながら言った。

うん、確かに。スマホとにらめっこで、どれを買おうか悩むのは楽しい。

「あー……いい風」

組み立てたチェアに腰を下ろし、深呼吸を一つ。

湖の上を走る風が甘い水の香りを運ぶとともに、テント設営でじんわり汗をかいた額を、優しく、撫でるように冷やしてくれた。

今日一日、暑くなることを予感させる青空が、どこまでも透き通った湖面に鏡のように映っている。

札幌では聞けないエゾハルゼミ達の力強い合唱と、高く透明な見知らぬ小鳥の囀り。吸い込む空気が美味しい。

久しぶりの大自然が五感に響いて、熱い涙がじんわりと目に滲んだ——ああ、来て良かった。

子供の頃には気がつかなかった、『美しい風景』という感動が、僕を満たしていく。

正直、勇気さんに本当にキャンプに誘われた時は、内心どうしようかと思った。

いや、だって絶対に話題に困るし。よく知らない人だし。

でもその心配は杞憂に終わった。二人でキャンプ、というより、二人でソロキャンプに来たという方が正しかったからだ。

必要最低限の会話はするけれど、僕らはめいめい湖畔の一人の時間を楽しんだ。

木漏れ日の下で本を読み、昼寝をし、空を眺め、風と水の音に耳を傾けた。

大きな湖は、まるで海のようにさざ波が寄せる。

一定のリズムで、けれども不規則なたぷん、たぷんという水の音は、海の音とも、雨の音とも違う。

そして日暮れ前に火を熾し、二人でたらふく肉をほおばり、ついでに勇気さんは、巨大なツブ貝も焼いてくれた。

お醤油をひとたらししたのと、勇気さん特製のガーリックバターに、ちょろっとパン粉をまぶした、エスカルゴ風のと。当然美味しすぎた。

それに伏兵はピーマンだった。まるごと、種も取らずにごろんと焼いたピーマン。種ごとそれにかぶりつくのだけれど、種が気になるどころか、ちゅるんとしてジューシィで、僕の中のピーマンの立ち位置が変わった。

なんなら一番好きな野菜と言ってもいいかもしれないくらいだった。

夜は幌加内の道の駅にある温泉に入った後、湖畔で星空を見て、またたぷん、たぷんという、微かな水の音の中で眠りについた。

懐かしい――少し怖い音。でも幼い頃は怖くても、伯父さんがいてくれたから大丈夫だった。

今は僕はもう一人だけど――伯父さんの頑強なテントが、ちゃんと僕を護ってくれる。

そうして、普段より早く寝たせいか、久しぶりの寝袋であるせいか、夜が明ける前に目が覚めた。

フリースを被ってテントから這い出すと、朝焼けの紫がかった桃色が、湖畔を芸術的に染め上げていて、僕はあまりの美しさにまた泣いてしまった。

子供の頃は永遠だと思っていた時間が、本当は取り返しのつかない一瞬の繰り返しだと気がついたからなのだろうか。

ゆっくりと表情を変えていく湖畔を、ぼんやりと眺めていると、何故だか急に伯父さんが恋しくなった。

彼はずっと、僕とこの美しいもの達を、分かち合おうとしてくれていたんだ……。

「来て、良かった」

ぽつりと独りごつ。

本当はマンションを出る寸前まで、気が乗らなかったのだ。

勇気さん相手だから断りにくい。仕事で顔を合わせる人だから。

彼だから行きたくないという訳ではなく、そもそも何か新しい事に踏み出すような、そういう気分になかなかなれなかったのだ。

動き出さなきゃって思う反面、体と心が重かった。紫苑さんも無理はしなくていいって言ってくれていたし。

だけど――本当に、今回は、ちょっと無理をして来て良かった。

朝露のように頬を濡らす涙を拭っていると、勇気さんが起きてきて、「寒くね？」と焚火を熾し始めた。

確かに初夏の北海道だ。日中暑くなったとしても、朝は寒い。

それに焚火っていうのは、どうしてこんなにも、心惹かれるんだろう。

焚火後は独特の嫌な臭いがするし、後片付けだって面倒くさいのに、上手く言えないけれど原始的な部分というか、理性や感情より深い部分に響いてくる。

焚火台の端でお湯を沸かし、勇気さんが淹れてくれたコーヒーは、とてもいい香りだったけど僕には苦すぎたので、かわりにあたためたたっぷりのミルクに、申し訳程度にぽたぽた垂らした。

勇気さんは基本無口だ。

最初僕は無理に話そうとしたけれど、彼はそれを望んでいないようだし、今は必要ないなら話さなくていいんだとわかった。

相手や自分を喜ばそうと、無理に頑張らなくていいんだって。

無関心とも違う、この不思議な空気感——初めこそ戸惑ったけれど、今は妙に居心地がいい。

高校を卒業するまでは、ずっと子供だった。

でも進学して家を出て気がついた。僕はもう何もかもに従うように言われていた子供ではなくて、急にまったく違う世界に放り出されたんだって。

京都で一人暮らしを始めて、途方に暮れてしまった僕だけれど。

だけど旭川に来てからは、こうやって少しずつ、僕は自分のいていい場所——いいや、いたい場所を探せるようになった気がする。

セミ達が鳴き出し、湖畔が朝日でキラキラ輝いている。

また『今日』が始まる。

「帰りたくないなあ」

と、思わず自分でも無意識の呟きが洩れてしまうと、勇気さんが声を上げて笑った。

本当にもうあと二～三日こうしていたかったんだ。けれど今日は二人とも午後から仕事に行かなければならないのだ。

「まあ、また連れてきてやるよ」

幸いにして、どうやら『お前とは二度と行かん』……という事にはならなそうだ。

日常に帰りたくない切なさと、勇気さんの言葉が嬉しくて、じわっと目が濡れるのを感じる。

「ああ！　やっぱりこっちだった、高木さん」

その時、背後からそんな男性の声がして、僕は慌てて涙をぐいっと手の甲で拭いた。

振り向くと、キャンプ場の管理人さんが立っていた。

年齢は四十代くらいの、おしゃれなプリントのサファリハットを被った男性だ。

おはようございます、と勇気さんが会釈したので、僕もそれに倣う。

誰かを訪ねるには、ちょっと早過ぎる時間だと思った。

今が正確に何時かはわからないけれど、さっきスマホを見た時は七時五分。それから十分と経っていないと思う。

「朝から本当に申し訳ないと思ったんですが、ちょっとお願いがあって」

キャンプの日の朝は早くなりがちとはいえ、少し早過ぎる事は、管理人さんも承知の上なんだろう。

それでも彼は勇気さんを訪ねてきた。その表情はどこか強ばっていて、焦っているような、不思議な緊張感があった。

「俺にお願い……ですか？」

「いや、前に事件現場の掃除の仕事とかしてるって言ってたから……その……」

管理人さんは、言いにくそうに口ごもった。

勇気さんはそんな管理人さんに、「どうぞ？」と促すように、腕を広げる仕草を見せる。管理人さんはほっとしたように、短い息を吐いた。

「実は他のキャンパーさんがね、早朝に散策してる時、変な車を見つけたらしくて……」

「車？」と僕と勇気さんは顔を見合わせた。

どうやらキャンプ場の近くに、不審な放置車両があるらしい。

でもわざわざ勇気さんに声をかけてきたって事は……。

「野生の動物が入り込んでいるのかもしれないし、勘違いかもしれない。でも……」

管理人さんはそう言葉を濁した――つまり、『そういうこと』だ。

取手が着脱式のホウロウのマグカップを片手に、勇気さんがフ、と短く息を吐いた。

「……いいですよ、確認してきます」

勇気さんが仕事用の作り笑いで快諾した。本当はつかの間の、この朝ののんびりとした時間を邪魔される事への葛藤があるんだと思う。

けれど管理人さんの杞憂が本物だと困るし、今後の事を考えると、断って気まずくなるのも嫌だ……と、そんな所だろう。

「助かります。車で練炭自殺とかって話も聞いたりするし」

一目見た感じ、昨日今日駐められたようには見えない車らしい。

「ガムテープで目張りをしてました？　車両に事故の形跡とかは？」

「え……どうだったか、そもそもあんまり近寄るのが……」

「ま、そりゃそうですね」

歯切れの悪い返事に、勇気さんが苦笑いした。

普通はそうだ。僕だって怖い。

そんな僕の引きつった顔を見て、勇気さんは残っていていいと言ってくれたけど、それもなんだか落ち着かないし。

一応僕も、管理人さんの案内で歩き出した勇気さんの後を付いていくことにした。

「可哀相だとは思うけど……万が一自殺者なんて事になったら、キャンプ場にまで変な噂が立ってしまうかもしれないし、心配で……今はそういう噂、ネットなんかですぐに広まってしまうから」

と、管理人さんは心配そうだ。

確かにお客さんが減るだけでなく、噂を聞きつけて面白おかしく騒ぎ立てたり、今は撮影をしたがる動画配信者だっていたりするかもしれない。

そういった人達に、この静謐（せいひつ）の時間を踏みにじられるのも嫌だ。

「単純に迷惑な放置車両かもしれないですよ？　盗難車とか」

「ああ……それもまぁ、嬉しい事ではないけれど」

管理人さんが僕に振り返って苦笑いをした。そりゃそうだ。

それでもそれ以上の『嬉しくない事』にはならないで欲しい……というのは、僕ら三人の共通の願いのように思う。

そうして管理人さんの車に乗り込み、五分ほど走った後、更に徒歩で十分ほど進んだ。

やがて藪の中に、ボンネットに錆の浮かんだ、白い乗用車が見えた。

「あれですか」

と、一応問うたけれど、確認するまでもなかったように思う。

管理人さんが頷いて――そして不意に、数歩先を歩いていた勇気さんが、手で僕らにこれ以上来ないよう、更に後ろに下がるよう促した。

チリンチリンと、熊よけの鈴を鳴らし、勇気さんが車に近づく。

管理人さんが不安そうに僕を見た。僕も緊張にうなじの毛が逆立つのを覚えた。

「とりあえず……生き物は死んでそうですね」

勇気さんがちょっと顔を顰めて見せた。その時僕の鼻にも、幾度か嗅いだ事のある、甘いような、夏のゴミステーションのような、不快な臭いが届いた。

「あの……」

「一応少し離れていた方がいいかもしれないです」

「え、じゃあまさか」

「確認します。動物かもしれないですしね」

管理人さんに僕はその場で待つように丁寧に言って、勇気さんの後を追う。

「お前も来なくていいぞ」

と、勇気さんが振り返らずに言った。

「駄目そうなら、すぐ離れますから」

興味本位とは少し違うこの感情を、自分でも上手くは説明できない。恐怖心、高揚心、緊張――それは確かに好奇心のようなものにも似ていたけれど、一番はもしかしたら『職業意識』に近かったのかもしれない。

現に心の中で暴れる感情が、僕の目を濡らしていた。

でもうっすらわかっている。ミュゲ社で働いている以上、この先僕も死体を目の当たりにする機会が増えるだろう。

何処まで自分が我慢出来るのか知りたかったし、なにより――なんというか、見栄のようなものもあるのだと思う。

つまり僕は、勇気さんに認められたいのだ。

多分僕は彼と親しく……そうだ、勇気さんと『友人』になりたいのだと思う。

だからこそ、ここは彼一人に任せるのではなく、情けないだけの僕じゃない所も見せたかったのだ。

「それに僕、多分外で死体を見るのは初めてじゃないんです」

そう言い添えると、勇気さんはひょい、と肩をすくめた。

「まあいいか。無理ならすぐに離れて……あとは村雨先生の手腕を見せて貰おう」

『村雨先生』――が、紫苑さんの事だと気がついたのは、僕が車に近づいた後だった。

車のウィンドウは、全てうっすらと曇っている。その中で黒い塊——ハエが暴れているのが見えた。

「人だと思いますか？」

と僕が言うと、勇気さんはまた肩をすくめて見せた。

「まあこの臭いの強さだと、サイズは結構大きいと思うし、獣の臭いとは違うような気がする——それに、自分で車のドアを開け閉めする動物っていうのが、イマイチ想像つかないだろ」

「自分で……うーん、ヒグマとか？」

首を傾げた僕の耳に、チリンチリンと鈴の音が聞こえる。今いるこの辺は出ないそうだ。でも朱鞠内湖湖畔にヒグマがいない訳ではないのだ。

そしてヒグマとは種類は違うにせよ、確か前に海外の動画で、車のドアを開けるクマを見た事があったと思う。

「お前、それ本気で言ってんの？」

けれど勇気さんが少し呆れたように言った。

「あ、いえ……」

……まあ、百歩譲ってドアを開けられたとして、わざわざ閉めるとは思えないか。

「ふむ」

そうして、車の中をのぞき込んだ勇気さんが、小さく唸った。

「ひと……ですか？」

「毛布を被ってるみたいだからわかんないけど——」

と、彼が言いかけたその時、僕は藪の中に隠れていた石につまずいて、とん、と車に手を突いてしまった。

刹那、ブン……とガラス越しにも鈍い羽音が聞こえた。

もしかしたら聞こえたような気がしただけかもしれない。でも、確かに頭の中には響いた。無数の羽音が。

僕が与えた振動で、毛布の中からだらんと隠れていたものがはみ出したのだ。

「う……っ」

「あー、こりゃ人ですね。残念ですが」

悲鳴を必死で堪えている僕の横で、勇気さんがあっさりと言った。

罰当たりなほどのあっさりさだと思った。まるで明日の天気を話しているような。

だけど慌てふためく僕と管理人さんを尻目に、彼は車に向かって手を合わせていた。

それは間違いなく葬儀社で、遺族と故人に敬意を抱いて働く人の横顔だった。

弐

死体を見つけてしまった時、通報したがらない人が多いという。

面倒ごとに巻き込まれるのは嫌だし、第一発見者が疑われてしまう、なんて噂が流布しているせいで、逃げてしまったり、通報が遅れたりするケースは少なくない。

でも、正直その気持ちはわかる。

だって怖いし、確認するのも嫌だろうし、そりゃ余計な事には巻き込まれたくない。

でも死体は刻々と姿を変えてしまう。死後は時間との闘いなのだ。

通報は一分でも早く、すみやかにした方がいい。

そうすることで、少しでも綺麗な形で、遺族の腕に返してあげる事が出来るから。

「そうです、朱鞠内湖の——あ、このスマホのGPSで特定してくれたら——はい、性別がわかるような状態じゃなさそうですけど、服の袖を見た感じは男性かな……そうですね、最近のご遺体ではなく一冬越してるっぽいですね。気温の低い時期に亡くなって、そのまま半乾きだったのが、夏の暑さで腐敗しちゃった感じじゃないかと」

そんな風に警察と電話で話す勇気さんの横で、管理人さんはパニック気味だった。

幸いと言っていいのかは不明だけれど、キャンプ場からは多少距離がある。風評被害みたいなものは避けられるかもしれないとはいえ、近くに亡くなった人がいるのだ。

　動揺している管理人さんが不憫だったし、キャンプ場の方も心配なので、彼には先に戻ってもらう事にした。

「さすがに勇気さんは、こういうの慣れてるんですね」

「まあ……ゴミ屋敷の掃除中に、ご遺体が見つかった……なんて事もあったし。とはいえ外でご遺体に会うのは、俺でもビビるよ。そうそうある事じゃないし」

「そっか、そりゃそうですよね」

「松さんが釣りや山菜狩りの時に、何度かご遺体を見つけたって聞いたことあるけど」

「え……」

　話によると、釣りや登山中に遺体を発見……というのは、意外とある話らしい。

　とはいえ、そう頻繁にあるような事じゃないのは確かだろう。

　小葉松さん……さすが死神と呼ばれるだけはある。

「でも自殺者……なんですかね」

「そうだなあ……ドアの鍵も開いてるみたいだし、おそらくは」

　警察の迷惑にならないよう、これ以上現場を荒らすようなことは出来ないけれど、車内に大量に散らばった、小豆のさなぎの抜け殻から推測するに、ご遺体の状態はかなり良くないだろう――彼はそう言った。

「せめて車や所持品から、身元がわかるといいけどな」

これだけ色々な事が発達した現代だ。ご遺体さえあればある程度の事はわかるんじゃないかと思ったら、歯の治療等の医療記録は、全国的に共有されている訳ではないらしい。

地元以外で、所持品など身元の特定に繋がるものもなかったら、何処の誰なのかわからないままという事もあり得るのだそうだ。

「捜してる人がいたら、悲しいですね……見つかっても、見つからないままも」

「……ああ」

微かな死臭の漂う車の側で、僕らは淡い木漏れ日の中、そのまま会話も無く警察の到着を待った。

実際はそう長い時間ではなかったかもしれない。

だけどとても長く感じた。

やがて到着した警察に事情を話すと、疑われるだなんて心配が馬鹿らしいぐらい、警察は僕らに優しかったし、一応事情聴取のような事もあったけれど、心配するほど長い時間がかかったわけでもなかった。

せいぜい最初に説明した話を、また別の人に改めてしなければならない事が、面倒と言えば面倒なぐらいだ。

これで誰かの許に帰れるのであれば、待って、捜している人の心が少しでも安らぐならいい。

どうかせめて、それを受け取る人が一人で苦しむような事がなきゃいい。少しでも優しく伝わってくれたらいいのに――そんな事を思いながら、僕らはちょっとだけ会社に遅刻して出勤した。

理由が理由だったので、二人とも怒られることはなかった。


そうして仕事を一件終えてミュゲ社に戻ると、朝の死体の身元が判明し、そのまま葬儀はミュゲでという話になっていた。

既に大きな葬儀を一件受けていたミュゲの社内はもう、まるで戦場の体だ。

「朝のご遺体はね、警察の話ではやっぱり自殺みたいよ」

サポ部のオフィスで席に着くと、パソコンに向かっていた佐怒賀さんが教えてくれた。

「勇気さんもそうじゃないかって言ってました」

やっぱりそうなんだ……と呟くと、佐怒賀さんが頷いた。

「事件や事故も可哀相ですが、自殺は悲しい事ですね」

どんな死も悲しいけれど、自らを殺めなければならないなんて、どんなに悲しい人生だったんだろうか――切ない気持ちに、ぎゅっと目の奥が熱くなった。

「本人の出身は旭川だけど、奥さんや子供は東京に住んでるみたい。明日朝一でこっちに来るって――これからニュースになると思うけれど、プロレスラーだったそうよ」

「プロレスラー……って、格闘技の？」

「ええ。本名もリングネームも『田嶋雄大』さん。悪役系レスラーね。調べたら七年前にイベント限定で配布された、トレーディングカードが存在してるわ。あまり高い値段はついていないけれど」

イベント配布されたトレカか……そんな物があるんだ。佐怒賀さんが自分のディスプレイをくい、と傾けて見せてくれたのでのぞき込んだ。

『闇に堕ちし遮那王　田嶋雄大』……」

二つ名というヤツだろうか、仰々しいというか何というか。

「遮那王……って、源義経の幼名の一つですよね」

「すっごい有名なレスラーじゃなかったようだけれど、空中技でそれなりに人気があった選手みたい。プロレスは熱心なファンが多いわ。献花台が必要になるんじゃないかしら」

「へー……」

なるほど、空中技だから『遮那王』か。義経——牛若丸といえば、橋で弁慶を翻弄したり、戦で何隻も船を飛び越えたりしたなんて、身軽さについての伝説が沢山ある。

そのくらい身軽な技を使う選手だったって事か……プロレスを見たことがないので、どんな感じなのかはあまり想像ができなかったけれど、『空中技』というワードからして、ちょっと格好がいい。

技だけでなく、外見もその名前の理由なんだろうか、比較的小柄な印象の男性だ。

プロレスラーらしい、がっちりとして筋肉質な体つきであるものの、むっちりというよりはしゅっとした、ひきしまった体つきのように見える。

「まだ確定ではないみたいだけど、このままミュゲで葬儀を担当することになりそうですって」

「あ、それで望春（みはる）さん、社長達と打ち合わせ中なんですか？」

望春さんは『遺品整理士』ではあるけれど、ミュゲ社は家族の経営する葬儀社だ。

昔から人手が足りないときには、葬儀の方の手伝いにかり出されているのだ。

「既にちょっと大きなお式を受けているし、多分明日（あした）も忙しいわ。きっと私達も葬儀部のヘルプに入らなきゃいけなくなりそうねぇ」

とはいっても、僕らは直接遺族に関わる事はなさそうだ。

会場の設営だとか、雑務の手伝いになるだろう。

佐怒賀さんはその為に、今のうちに何軒か仕事を終わらせようと頑張っているらしい。

僕は勉強しなきゃと思いながら、亡くなった田嶋さんの事が気になってしまった。

SNSでその名前を検索してみると、どうやら一時間程前に、遺体は田嶋さんの可能性があると、関係者から発表があったらしく、いくつもの投稿が上がっていた。

『嘘だろ雄大……』

『自殺ってマ？　誤報であってくれ‼』

『ずっと失踪してたんだっけ。何年か前、嫁の來田あすみが子供が病気だから帰ってきてくれって呼びかけてたけど、あの時出てこなかったし、てっきりもう死んでるんだと思ってたけど……なんで自殺なんてしちゃったんだよ……』

『あのナインズ・スプラッシュがもう見れないなんて。弁慶とのタッグももう幻なのか……』

誰かが何かできるわけじゃない。

既に——もう、亡くなってしまった人には。

もし亡くなる前に会っていたとしても、僕にはどうすることもできなかっただろう。生前重なることのない人生だった。

それでもこうやって、彼を悼む人達の言葉を読んでいると、僕の目に涙が溢れてきた。

なんで死んでしまったのか、どうして死を選んでしまったのか。

あんなに静かな場所で、独りで。

彼は六年ほど前に、試合の後にフラッといなくなったまま、今までずっと消息が不明だったようだ。

状況はよくわからないけれど、『移籍が原因』だとか『不遇の男』だとか、レスラー時代はどうやら順風満帆とは行かなかったようだ――まあ、そうじゃなければ、失踪なんてしないか。

彼の必殺技だという、『ナインズ・スプラッシュ』がどんな技なのかはわからないけれど、なかなか見栄えのする空中技だったようだ。一方、着地の際の本人へのダメージを心配していたという意見も目にする。

『捨て鉢みたいな技』『どっちみちあれは長くは続けられなかっただろ』『一歩間違えたら……って心配だった』など。危険な技に頼らなければならなかったのは、それだけ彼が追い詰められた状況だったのか……。

子供が生まれたばかりの時期に失踪してしまったのも、もしかしたら重圧に耐えかねてだったのかもしれないと、そんな投稿もあった。

とはいえ奥さんも元女子プロレスラーなので、仕事への理解とサポートもしっかりしていたという。

私生活でもよき友だったという、『弁慶』とのタッグマッチも人気があったみたいだ。子供も生まれて幸せそうに見えた――という意見も散見された。

でも全てはファンの人達の推測だ。

本当の事はわからない。

だけど彼は確かに行方をくらまし、あの静かで美しい湖の畔で人生を終えたのだ。

ぐす、と洟（はな）を啜（すす）ると、佐怒賀さんが自分の分ともう一杯、明るい色のルイボスティーを僕用のパソコンの横に置き、そして慰めてくれるように、僕の頭をくしゃくしゃと撫でていった。

死は、永遠の別れだ。

悲しくない、寂しくない、可哀相じゃない別れはないだろう。

これからいくつも僕が関わっていく『死』に、こんな風に毎回心を揺らしていては、神経がズタズタになってしまいそうだ。

改めて、僕は自分が就くべきじゃない仕事に就いてしまった事に気がついた。

その時、まるで僕の心を見透かしたように、紫苑さんからＬＩＮＥが届いた。

『今日はローストビーフを焼くよ。楽しみにしていて』

楽しみにって……今朝、僕が死体を見つけたことを知っている筈なのに。

だけど無神経というよりも、彼は苦しんで流す僕の涙を待っているのだ。

より一層気が滅入った。

とはいえ、紫苑さんがいなくても、僕の涙は僕の意思に反して流れてしまうのだ。

それを厭うではなく、逆に『僕の真珠』だなんて讃える人なのだ。

いっそ本当の真珠ならいい。

僕の流す涙が、全て真珠になったなら、どこか他の場所で、もっと違う生活が出来たかもしれないなんて、そんな事を一瞬思った。

　でももし本当に真珠だったとしたら、もっと酷い目に遭っているかもしれない――例えば、金の卵を産むガチョウのように。

　世の中に自分の望む生活をして、幸せになっている人はどのくらいいるのだろう？

　少し前、僕は自分が世界で一番不幸な人間であるような、そんな気持ちになっていた。

　だけど今はローストビーフを焼いて、僕の帰りを心待ちにしてくれている人が、少なくとも一人はいるのだ。

　それを幸せだとまでは到底思えないにせよ、孤独の死を選ばないで済んでいるのも事実だ。

　伯父さんの死は今でも辛くて、後悔に押しつぶされそうになってしまう。だけど旭川に来ていなかったら、今自分がどこでどんな生活を送っていたのか、自分でもわからない。

　少なくとも勇気さんと二人でキャンプに行って、田嶋さんの死体を発見することもなかったはずだ。

　田嶋さんはどうして死を選んだんだろう。家族を捨てて。独りでなんて。

　そんな事を思いながらパソコンを閉じ、頬の涙を拭う。

　僕は『じゃあ、山わさび買って帰りますね』と紫苑さんに返事を送った。

参

世の中には、一目で死体がトラウマになるような、どうしても苦手な人と、そうではない人の二種類いるらしい。

僕は自分がどちらなのかわからないけれど、少なくともホラー映画は苦手だ。

人が傷ついて血を流す作品は、見るのがとにかく辛いのだ。

とはいえ、死体の放つ臭いや、汚れのようなものは、案外平気なのかもしれない。

帰宅して紫苑さんの『診察』を受けるまでは、ローストビーフなんて食べられる気がしなかったけれど、診察用のリクライニングソファの上で、ひとしきり泣いてスッキリした後、僕は肉汁の滴る、紫苑さん特製のローストビーフを、しっかりと胃袋に納めてしまった。

ローズマリーにタイム、オレガノ、そして爽やかな胡椒を効かせた、大きなかたまり肉は、真ん中が綺麗な桃色で、絶妙な焼き加減だった。

それに涙が出るほどツンツンの、すりおろし山わさびをチョンと載せて、旭川の醤油会社が作ったタマネギ醤油をひとたらし。

和なんだか洋なんだかわからない、いいとこ取りのローストビーフ。

クレソンやパリパリのレタスを巻いたりしても美味しかったし、キャンプの疲れもズンと身体にのしかかってきていたので、食後はすぐに深い眠りに落ちてしまった。しっかり食べて、しっかり寝る——それだけで、人間はちょっとだけ元気になれる気がする。

いや、元気だからこそ、食べられるし、寝られるのかもしれない。

京都にいた頃は食べることも寝ることも、そのやり方さえ忘れてしまったみたいに、うまく出来なかったから。

お陰で翌朝は、昨日の疲れなんてしっかり吹っ飛んでいた。

佐怒賀さんの言っていた通り、今日はミュゲも人手不足が懸念されるため、望春さんも僕も葬儀部の方にヘルプで入る事になったらしい。

と、いっても、僕は本当に雑用係だ。

ネットの情報や新聞のお悔やみ欄等をたどって、朝から電話の問い合わせが何件も来た。

献花台が用意される他、改めてお別れ会を開く事が予定されているという。何度も同じ説明をするのは骨が折れたけれど、電話をくれるのは、みんなファンの人達なのだ。田嶋さんへの想いや、残された奥さんに対する激励を一件一件書きとめ、僕にできる限り丁寧に対応した。

終始涙声には、なってしまったけれど……。

故人の状態が極めてよくないこと、東京で後日お別れ会を予定しているということもあって、集まったのは奥さんと、『弁慶』の異名をもった、親友の村田さんの二人だけだった。

田嶋さんは天涯孤独で、親類のような人もいなかったらしい。

ひっそりと静かな葬儀は、母さんと二人で見送った、伯父さんの時を思い出させる。

僕は伯父さんの突然の死を、すぐには受け止められなかった。

何年も失踪し、不通だった伴侶の死は、奥さんにどんな風に伝わったのだろう。

東京から二人が来て、粛々と時間が過ぎていくのを、僕は雑務を――けれど大切な仕事を――こなしながら、遠く見守っていた。

今回はあまりに遺体の損傷が激しいので、骨葬――つまり先に火葬を済ませ、お骨の状態で葬儀を行うらしい。

葬儀部には凄腕の納棺師さんもいるそうだけど、彼女の技術をもってしても遺族に会わせられるような状態ではないので、仕方がないのだろう。

弔問客は入れない形だし、村田さんは明後日に試合を控えていることからも、ごくごくシンプルな形の家族葬にするんだそうだ。

火葬を済ませ、一通りお経を上げて貰った後、望春さんと一緒に夕方家族葬用の小ホールを訪ねると、村田さんと奥さんは憔悴した表情で、遺骨と遺影を飾った小さな祭壇の前に、ぼんやりと座っていた。

田嶋さんも村田さんも、そして奥さんもレスラーだ。

奥さんも女性では大柄で、肩幅のしっかりした頑強そうな印象だけれど、村田さんは更にいかめしく、いかにも悪役レスラーらしいというか、一八〇㎝をゆうに超える身長に、筋骨隆々といった姿だ。

まさに『弁慶』という異名にふさわしい大男。

そんな二人が、しょんぼりと肩をすぼめて座っている姿は、より一層哀愁を誘う。

冷たい麦茶をお盆に用意していた僕は、両手が使えなくて、そのままぼろぼろと両目から涙が溢(あふ)れてしまった。

「今日一日、ファンの方から、たくさんお悔やみの言葉が届きました」

電話で受けたメッセージは、全てパソコンで綺麗に打ち直して印刷している。

二人はそれを手に取って、「ああ……」と悲しい声を洩(も)らした。

奥さんはある程度の覚悟があったんだろうか？　しとしとと霧雨のような、静かな涙を流す横で、村田さんは嵐のように激しく、声を上げて泣き始めた。

苦楽を共にした親友に向けられた、愛に溢れた言葉を前にして、とうとうせき止めていたものが瓦解(がかい)してしまったのかもしれない。

「雄大のヤツ、まったく馬鹿じゃないか！　こんなにみんなに愛されてるって言うのに！　馬鹿野郎！　大馬鹿野郎！」

顔を真っ赤にして、怒りと悲しみと、そして愛ゆえに親友の遺骨に向かって、村田さんは声を上げた。

勿論とても悲しいし、こんな風に思うのもどうかと思ったけれど、僕は田嶋さんが羨ましいと思った。

僕が死んでもこんな風に泣いてくれる友達は多分いないし、僕にとってもそういう人は思いつかない。

それなのに、本当になんで田嶋さんは死を選んだんだろう。

逆を言えば、それらを全て手放しても構わないほど、耐えがたい何かがあったって事なのか……。

「あの……」

そうして、二人の悲しみの波がいくらか治まった所で、望春さんが静かに切り出した。

「田嶋様のご遺品の事でございますが」

それを聞いて、二人は悲しげに目を合わせた。

「車内に残った物は……みんなその……状態が良くないってお話でしたね」

村田さんが苦しげに呟いた。

「わずかな衣類や雑誌だったって聞いてます。お伝えしたとおり処分して戴いて——」

「はい。でもそれが一つだけ、綺麗な状態で見つかった物があったんです」

確かに遺品はほぼ全て、『死』に侵食された状態だったし、数そのものもそう多くなかった。お財布の中の所持金も数円で、貴重品のような物も無さそうだったのだが。

けれど彼の上着のポケットの中に、ある物が一つだけ入っていた。

幸か不幸か、直接遺体に触れておらず、丁度他の物の下敷きになる形で、汚損を免れたもの――まるで残るべき運命だったように。

望春さんはそれを恭しく、トレイに載せて奥さんに差し出した。

「え？　なあに？　これ……指輪ケース？」

黒いケースを見て、奥さんの表情が、驚きにぱっと輝いた。

すぐに手を出せない奥さんに、望春さんが頷く。

奥さんの左薬指に指輪はなかった。

彼女は困惑と――そして確かな喜びに、顔をくしゃっとさせると、まるで確認するように村田さんと、そして僕らを見た。

村田さんも頷きを返す。

胸の高鳴りを抑えきれないように、一度心臓の辺りを押さえてから、奥さんはケースを開き――そしてその顔が、みるみる曇った。

「あ……」

それを見て、望春さんもはっとしたように、血の気が引いたのが見える。

数秒前とはうって変わって、明らかに失望した表情でケースを閉めようとする。

「あ、あの……指輪と、中にメモが……おそらくご主人の辞世の句なのではないかと」

それを望春さんが、慌てて制した。

「ジセイノク？」

一瞬、何を言われているのかわからないような、そんな表情で村田さんが復唱する。

「つまり、遺書って事？」

奥さんは悲しいのを通り越し、少し苛立ったように言って、指輪のケースを再び覗く。

そして蓋の部分に押し込まれたような、メモを開いた。

『しづやしづ　しづのをだまき　くりかへし　むかしをいまに　なすよしもがな』

小さなメモだったけれど、なかなかの達筆で、そう和歌が書かれていた。

でもそれを見て、奥さんの眉間に深い皺が寄る――それは怒りや不満というより、困惑の形に変わっている。

「……あの、これ……本当に夫の遺品なんでしょうか」

「田嶋様のジャケットの中にありましたので、おそらくはそうだと思うのですが……」

「そうですか……？」

奥さんは釈然としない表情で首を傾げながら、メモをケースに戻し、蓋を閉める。

「この指輪……明らかに私のサイズではありません。無骨な人ではありましたが、だからって私の小指にすら小さい指輪を選ぶとは思えないですし、夫は優雅に和歌を詠むような人ではありません。だって彼は――」

そう言うと、彼女は少し言葉を選ぶように口ごもった。

「こんな風に言いたくはないですが、夫は子供の頃からとにかく苦労をした人で、中学校を卒業後にすぐ働いていた所で気にいられ、リングに上がるようになりました。とても実直な人でしたが、勉強のような事はあまり……」

田嶋さんの父親は、彼が生まれてすぐに蒸発し、母親も悪い人では無かったが、恋多き人だったという。

田嶋さんが小学校に上がる頃には、男性の所に入り浸って、数日家に帰らない事も珍しくなかった。

中学校まで通っていたのは給食目当てだったというし、卒業後は病気で倒れた母の世話をする為に、いくつも仕事を掛け持ちして、働いていたという。

そのうち一軒の店、サンロク街の飲み屋の店主が親切な人で、田嶋さんがまだ十七歳の未成年と知りながら、清掃などの雑用の仕事をくれていた縁で道が開けた。

店主は無類のプロレスファンで、小柄ながらもがっしりとした体躯に恵まれた田嶋さんを、丁度旭川での興行の後、店で飲んでいたレスラー達に売り込んだのだった。

とはいえ、朴訥で優しい性格が禍してか、なかなか大成できないでいたのだが。

結局所属団体を変え、思い切ったヒール役に転向し、『闇に堕ちし遮那王』というキャラクター性を与えたところ、やっとファンがつきはじめた——そんな時に彼は失踪したのだった。

「試合後、急に姿を消してしまって、六年になります」

と、奥さんは寂しげに遠い目をして言った。

人気女子プロレスラーだった來田あすみさんと結婚し、子供が生まれたばかりという、そういう状況でいなくなった田嶋さんを、奥さんも村田さんも『諦めていた』のだ。

「三年前、息子の白血病が判明して……移植ドナーを探している時に、失踪した夫に向かってTVで呼びかけた事があったんです。幸いドナーの方も見つかり、無事移植する事はできましたが……あの人はやっぱり亡くなったんだって思っていたんです」

そうでなければ、どうやって夫が生活しているのか、想像が付かなかったのだ。

彼は身分証明書どころか、財布すら会場に置きっぱなしで消えたのだから。

失踪後、銀行からお金を引き落とした痕跡すら無かった。

「……夫が自分の身の回りの事を、一人でできていたとは思えません——お金の面でも」

奥さんはそう寂しそうに言って、指輪をケースごと望春さんのトレイの上に戻した。

「だからもしここで、故郷の旭川で何年も暮らしていたなら、きっと私以外に夫を支えていた女性がいたんでしょう。この指輪は、おそらくその人の為の物だと思います。これは私には受け取れません」

奥さんは毅然とそう言うと、遺品の受け取りを拒否した。

凛とした表情で言う奥さんに、望春さんもこれ以上何も言えなかった。

田嶋さんは、確かに亡くなる前の数ヶ月ほどは、NPO法人が運営する、家を持たない人の保護施設で生活をしていたそうだが、その前に彼がどこで生活していたかは不明だった。

「ご主人の乗っていた車は、田嶋さんのお知り合いの男性が、既に処分を決められたものだったそうです。車検が切れてしまうまでの数日間は、田嶋さんに乗っていいと貸されたそうですから、もしかしたらこの指輪もお知り合いの物かもしれません」

確認してみます、と望春さんは改めて指輪を手に二人に頭を下げ、僕らはホールを後にした。

肆

指輪のサイズを確認しなかった事を、望春さんは随分自分に怒っていた。

『うっかり』では済まされないミスだったと。

失踪していた夫が、唯一残してくれた遺品——それが自分への指輪ともなれば、奥さんは本当に嬉しかっただろうに。

なのにその喜びを失望に変え、辛い現実を突きつける結果になってしまった。

望春さん自身も嬉しかったのだ、田嶋さんが指輪と歌を残してくれていたという事が。

それをせめて奥さんに渡せることになって、本当に嬉しかったのだ。

だからといって、配慮を怠っていい理由にはならない。そう望春さんはとても自分を責めて、酷く落ち込んでいるようだ。

何か言ってあげたかったけれど、彼女を慰める言葉が見つからなくて、そんな無力な自分に僕もどんどん気持ちが落ちていってしまった。

そんなどんよりした空気を背負い、先にマンションに帰る。

エレベーターが一番上の階に着いて、ドアが開くとまだ夕べのローストビーフの、香ばしいいい匂いが微かに残っていて、何故だかほっとした。

『家』に帰ってきたんだと思った。

いつもする香りじゃないのに。僕の本当の家でもないのに。

自分でも不思議な感覚に困惑しながら部屋に向かうと、紫苑さんが満面の笑みで出迎えてくれた。

「お帰り。暗い表情だね。今日はそんなに辛かった？　だったら早く話をしよう」

荷物を置いて着替え、一息つく間もなく、紫苑さんは僕を診察室に連行していく。

「いつも辛い仕事ですけど……今回はなんだか……色々な事が心の中にみっしり詰まっちゃってる気分です」

そうだ、まっくろくて、密度が濃くて、喉が詰まりそうな感情が。

「例の、プロレスラーの件？」

「まぁ……そうですね」

リクライニングソファに横になった僕を見下ろし、「聞こうか」と言って紫苑さんもハンギングチェアに腰を下ろした。

日中は優しい日の光が差し込む診察室だけれど、夜はオレンジ色の間接照明や、キャンドルが灯されている。

白い壁や天井に伸びる、色々な影を眺めながら深呼吸をすると、締め付けられるような喉の息苦しさが、幾分和らいだ。

炎の揺れるキャンドルからは、花と南国フルーツのような甘い香りがした。

「葬儀部の人から、少しだけ話を聞きました。直接の死因はおそらく凍死だそうです。所持金も数円しか残ってなかったって」

朱鞠内の冬場の寒さは過酷だ。雪が積もる前だとしても、夜の気温はマイナスだろう。

あの湖の美しさは、圧倒的で不可侵な、自然の冷酷さがあってこそなのだ。

「……ポケットの中の唯一の遺品は、奥さんには合わないサイズの指輪で、遺書のような和歌が一首添えられていました。確かええと『しづやしづ――』」


「『しづのをだまき　くりかへし　むかしをいまに　なすよしもがな』」


うろ覚えに口にしたその和歌の続きを、紫苑さんが引き継ぐように言った。

「あ……ご存じなんですか？」

「うん。静御前の歌だよ。『吾妻鏡』という史書に残されている」

「静御前って……義経の奥さんの？」

「正確には愛妾と言うべきかな。姿を消した義経を捜す頼朝に捕らえられた静御前が、頼朝に鶴岡八幡宮で舞えと言われたんだけどね、その時に歌ったのが『しづやしづ　しづのをだまき　くりかへし　むかしをいまに　なすよしもがな』という歌なんだ」

これは『伊勢物語』の『古のしづのをだまき繰り返し　昔を今になすよしもがな』を元に、「しづ」を自分の名の「静」にかけて歌ったものだと、紫苑さんは続けた。

しづ——倭文という古代の布を織るために、使う道具が苧環なのだそうだ。

つまり機織りを繰り返すように、愛する人との昔を取り戻したい——そういう意味の和歌だった。

「辞世の句として不思議はないとは思うけれどね、遺族は否定しているんだね」

「はい……和歌を詠むような学のある人じゃないとか……」

悪意はないかもしれなくても、嫌な表現だと思いながら、僕は答えた。紫苑さんもふうん、と首を傾げて見せた。

だけど一緒に女性物とおぼしき華奢な指輪があったという事は、やはり彼には奥さん以外に特別な女性がいたという事だろう。

「……僕の母は優しいけれど、ああ見えて気丈な所もあって、普段はあまり取り乱したりしないんです。でも一度、うっかり父から貰った結婚指輪を無くしてしまった時、いままで見たことないくらいに動揺して、消沈していたんです」

たかが指輪、されど指輪。

同じ既婚女性なら、奥さんは遺された指輪の重さを感じただろうし、同時に別の誰かに遺された物を、自分が受け取る事を屈辱のように感じただろう。

そんな辛い思いをさせてしまった事を、望春さんはとても後悔していた。

「でも同時に、それを誰かに捧げられないまま亡くなってしまった田嶋さんも、無念じゃないかなって思うんです。せめて……本来の持ち主に届けられたらいいんですが」

「けれど彼の手元にあるということは、その人はその指輪を拒んだのかもしれないし、もうこの世にいない人に捧げたものかもしれない」

「……それもそうですね」

朝からずっと、亡くなった彼の悲しみに触れ続けていたせいで、疲労を感じた両目を伏せると、どんどん涙が溢れてきた。

悲しみ、虚しさ、切なさ——上手く言えないけれど。

「確かに愛されているはずの人が、どうして不幸な道を選んでしまったんでしょうね」

「それは本人にしかわからない。君だって愛されているはずだよ」

「あ……」

確かにそうだ。愛されていても、僕は辛かった。

「けれどけして楽な死に方ではない。凍死——つまり『偶発性低体温症による死亡』は、口で言うほど簡単なものじゃない。アルコールや薬の力を借りたのかもしれないけれど、単純に考えて、自分が死ぬまで凍え続けるんだ。自死だとするなら、揺るぎない覚悟が必要だったと思う」

「…………」

寒いのは、辛いし、痛い。

北海道では比較的寒さの緩い札幌でも、真冬の二月、吹雪の日や氷点下の朝は、冷気がキリキリと皮膚に刺さってくる。

寒さは残酷で鋭利な凶器だ。

確かにそれに全身を苛まれながら至る死は、過酷以外の何物でもない。

「なんにせよ、彼の死は夕方のニュースになっていたよ。もしその女性が生きていたら、彼の死に気づいて何かアクションがあるかもしれない」

はらはら僕の頬を伝う涙を、シリンジで吸い上げながら、紫苑さんが言った。

SNSでまとめサイトみたいなものも出来ていたようだし、届くべき大切な人の目に届いていたらいいと思う。

「それで――姉さんが落ち込んでいたって？」

「そうなんです、奥さん、すごいショックを受けていたし、望春さんは自己嫌悪で口数も少なくなってしまっていて……」

それを思い出すと、今度は望春さんと奥さんの事で、また涙がぶわっと溢れてきた。

「じゃあ今日は残ったローストビーフたっぷりの、ローストビーフ丼にしてあげよう。

あとは患者さんからキンレンカの花と葉を貰ったから、明日の為にコンフィーにした砂肝と、山わさびとオレンジでサラダにしよう」

「お肉ばっかりですね」

　ぐすっと洟を啜りながら、僕は少し笑った。

「大丈夫。肉とビールさえあれば、彼女は翌日には元気になる」

「じゃあ、僕は昨日勇気さんに教わった、ジャガチーズ焼きを作ります。おつまみにも良さそうだから」

　昨日に引き続きのローストビーフは、一晩してさらに身がしっとりとして、少し甘めの和風ソースと上に載せた卵黄のこってりとした味わいによく合った。

　僕は皮付きの小ぶりな芋を、スキレットでコロコロ焼いてから、軽く割った真ん中に、一口サイズに切ったカマンベールチーズ、そしてみりんで溶いた味噌を載せ、食べる直前にガリガリと香りのいい挽きたての粒胡椒を振った。

　でも何より一番美味しかったのは、砂肝コンフィーのサラダだった。

　微かにローズマリーが香る柔らかな砂肝の油煮と、オレンジの甘みと酸味、キンレンカの辛み、花の香り、それに微かな苦みはルッコラだろう。

　味と香りと食感が、複雑に重なり合っていて――そんなアレコレ難しい事はさておき、一口パクッと食べた瞬間に、「んま！」となる、最高のサラダだった。

　何より見た目が綺麗だ。エディブル・フラワーなんてほとんど食べたことがないけれど。夏の花らしいオレンジと黄色のキンレンカは本当に愛らしい。

元気のなかった望春さんも、この一皿でぱっと笑顔を浮かべたほどだ。

ビールだけでなく、地元旭川の酒造、『男山』のスパークリング日本酒を片手に、彼女はよく食べた。

普段より元気がないのは変わらないけれど、それでも彼女はこうやって、沢山の事を上手に割り切って働いてきたんだろうと思う。

だけど紫苑さんはそんな望春さんを、特に慰めたり鼓舞したりするでもなく、むしろからかうようにして、少し苛立たせていた。

とはいえ紫苑さんと望春さんは双子で、仲がいいのか悪いのかわからないけれど、それでもお互いのことをよくわかっているようだし、二人には不思議な空気感というか、他の人は立ち入らせないような、そんな雰囲気を時々感じる。

普段と違う空気は居心地が悪い。僕が二人の家族ではないことを強く感じる。

僕は本当に、ここにいていいんだろうか……。

そんな二人との距離感を測りかねた僕は、その夜は食後早めに自分の部屋に戻った。

部屋の電気を消し、ベッドの上でSNSを覗く。

田嶋さんを悼む沢山の言葉を眺めながら、僕はまだ割り切るのが下手だと思った。

でも初めて遺品整理以外で関わった『他人』の『死』だ。

きっとこの先も忘れられない気がする。

だからこそ、できる限り何かしてあげたいと思った。この先何か後悔したりしないように。どうにかして、あの指輪の行き先を見つけてあげなきゃ――そんな事を考えながら眠りに落ちた。

自分で思っていた以上に僕は疲れていたんだろうか。

その日、夢は見なかった。

翌日、ミュゲ社の小斎場前に献花台が用意されると、道内各地からプロレスファンの人達が献花に訪れた。

綺麗な青空の下、訪れた人達の年齢は様々で、女性も少なくなかった。

てっきり男性的な娯楽だと思っていた僕は少し驚いた。だけど本当に好きなものに、性別なんて関係ないんだろうな。

旭川近郊や札幌などの道央圏だけでなく、遠く北は稚内（わっかない）、東は釧路（くしろ）、南は長万部（おしゃまんべ）から来たという人が、お花やチョコレートを置いていった。

彼はお酒が苦手で、それよりもお菓子、中でもチョコレートが好きだったそうだ。

本当はヒール役なんて似合わないくらい、真面目で優しい人だったのだと、みんな口々に言っていた。

けれどその強面（こわもて）の風貌（ふうぼう）や――所謂（いわゆる）、『華がない』彼が、なんとかファンを得られるまでになったのは、やはり悪役に転身し、その華麗な空中技を活かして『闇に堕（お）ちし遮那王』という、新たな役を身に纏ったからに他ならないのだろう。

己の望み通りと言うよりは、何か大きな流れのようなものに、流されて生きてきたような人だったのだと、話を聞いていて思わずにはいられない。

まさに彼は、源頼朝に追われて討たれた、不幸な義経を思わせる。

献花に訪れた人々の言葉に、僕の涙腺はあっさり瓦解した。かなり早い段階からだ——でも幸い、ここは悲しい場所なのだ。

訪れた人達への対応を必死にしながらも、目を真っ赤にして洟を啜る僕を、誰も咎めはしなかった。

でももしかしたら、半分くらいはそうなのかもしれない。

プロレスのことはまったくわからないし、ショウとはいえ人が格闘するのを見るのは得意ではないけれど、一度彼の試合を見てみたかったと思っていたから。

遠方から人が集まる事の多い北海道は、火葬後に還骨法要と初七日法要、そして四十九日法要までを一気に行う『繰り上げ法要』が主流だ。

この後東京で、お別れ会などを開いたり、村田さんも興行があったりする予定もあってバタバタする事を想定して、今回は田嶋さんもそのスタイルで弔われることになっている。

でも昨日の今日なので、なんとなく奥さんと顔を合わせたくないなと思いながら献花台に付き添い、もうすぐお昼時……という頃に、その女性は訪れた。

きっちりと、喪服に身を包んだ女性だ。

その後には、制服を着た中学生くらいの女の子も一緒だった。

献花台に花を手向けに来る人達は、みんな黒っぽい服装ではあるけれど、ここまできっちり喪服の人は多くない。

なんだろう、この違和感は――？　と、思っている僕の横を、さっと足早に小葉松さんがすり抜けていった。

え？　と思う間もなく、二人は小葉松さんの案内で中に通されていく。

他に弔問客があるとは聞いていない――と思っていた僕に、佐怒賀さんが「多分、内縁の女性ね」とこっそり呟いた。

「あ」

あたりが急に、なんともいえないピリッとした緊張感に包まれている。

実のところ、喪の席ではままあるらしい。

つまり――故人の不倫相手や内縁関係の人が、会場に現れるという事は。

今回のような場合は、本妻である女性に知られないようにして、なんとか内縁の方にもお別れの時間を作ったり、万が一のトラブルを未然に防いだりするのが葬儀屋の配慮と手腕だというが、そこはベテラン・小葉松さんだ。

佐怒賀さんの話では、彼が上手くやってくれるから大丈夫、との事だった。

じゃあ、という事は、田嶋さんが遺した、あの指輪を受け取る人だという事じゃないだろうか。

慌てて事務所で別の仕事をしている望春さんを呼びに行く。

そうして、小葉松さんが女性の応対をしているという控え室に向かうと、ちょうど小葉松さんとその女性が部屋から出てくるところだった。

「小葉松さん……？」

二人が向かおうとしている小ホールは、今ちょうど田嶋さんの法要が終わったばっかりだ。まだ奥さんと村田さんがいる。

望春さんが『大丈夫なの？』と言いたげに、小葉松さんにアイコンタクトする。彼は静かに頷いた。

とはいえ、奥さんの所に女性を、しかも昨日の今日だ。望春さんの表情は硬く、僕も緊張に喉の奥がぎゅっと締まったように息苦しい。

小ホールに着くと、お坊さんと話をしていた奥さんが、僕らに――そして喪服の女性に気がつき、ぎゅっと眉間に深い皺を刻んだ。

僕は見た。

奥さんの視線が、さっと女性の指に向けられたのを。

彼女の指はほっそりとして、長かった。

「何か？」

村田さんが冷ややかに問うた。

「不躾は承知の上です。けれど奥様に、お話ししておいた方がいいと思って」

そう女性は、震え声で言った。

奥さんは元女子プロレスラーだけあって、身体も大きく、そして表情や纏う空気にすごみがあるのだ。

「私に？　貴方は？」

「藤尾恭子と申します――数年前まで、亡くなられたご主人と、生活を共にさせていただいていたものです」

「……それで？」

きゅっと奥さんの眉間の皺が更に深くなったけれど、それでも奥さんは一応は冷静さを保つように、低い声で相づちを打つ。

藤尾さんが覚悟を決めるように、深呼吸をひとつした。

「私が雄大さんにお会いした時……あの方は記憶喪失でした」

「え？」

僕らは顔を見合わせた。

藤尾さんの話はこうだった。

初めて会ったのは旭川駅の構内で、彼はベンチに所在なげにぽつんと一人で座っていた。

当時構内の売店で働いていた藤尾さんは、そのぼんやりとした彼の様子がなんだか妙に気になってしまったという。

だから休憩時間に、思い切って声をかけてみた。

『誰かとお待ち合わせですか？』

『……母がいた筈なんです』と、彼は言った。

聞けば彼は以前旭川で暮らしていて、ここには母が住んでいると思ったが、訪ねてみればそこに母の姿はなく、既に亡くなってしまっていたという。

『おかしな事を言うと思われるでしょうが、どうやら僕は記憶がないみたいなんです』とその不思議な男——田嶋さんは不安げに洩らしたのだ。

『おぼろげにこの街で暮らしていた事は覚えてるんです。幼い頃の事は特にはっきりと覚えている——だけど、最近のことは何故だかさっぱり、思い出せないんだ』

強面で、小柄ながらも屈強な体つきの男だ。

そんな男がしょんぼりと肩を落として、困っている姿に、藤尾さんは何故だかとても心を動かされた。

普段なら声をかけることもなかっただろうし、かけたとしてもすぐに警察に連れて行ったりしただろう。

でも、彼女はそうしなかった。

そのままどうしてか、家に連れて帰った。

「本当に変な事を言うのですが……当時私は、夫を急な病気で亡くしたばかりで。だからなんていうか……夫が、姿を変えて戻って来てくれたような、そんな気持ちになったんです」

そうして、自分の名前すら思い出せなかった田嶋さんを、一時的に保護した藤尾さんだったが、その生活はけっして悪いものにはならなかったと言う。

不器用ながらも家事を手伝ってくれ、なにより夫の死後、塞ぎ込んでいた一人娘に彼は優しかった。

次第に以前のように、屈託なく笑うようになった娘を見て、藤尾さんは色々な事を考えるのをやめてしまったのだ。

「彼がどこの誰なのか、本当に記憶がないのか。彼には本当は家庭があるんじゃないか、捜している人がいるんじゃないかとは思っていたのですが、夫が生まれ変わって戻って来てくれたような、そんな気がしてどうしても……」

そう言って藤尾さんははらはらと涙を流した。

だからどうしてもその生活を手放せず、ずるずると夫婦のように数年間、田嶋さんと生活していたのだと、彼女はそう言って奥さんに頭を深く下げた。

「いえ……気持ちはわかるわ。とくに雄大は優しい人だったから……」

不器用で、無骨な男だったけれど、人を欺くことなく、誤魔化すこともなく、ただただだ優しい男だった彼に、自分も何度も救われたのだと。そう奥さんも呟いた。

けれどある日、唐突に、田嶋さんの正体が判明した。

法事で会ったプロレス好きの従弟が、田嶋さんを知っていたのだった。

しかも子供の病気のために、彼の奥さんが所在を捜していると聞いて、藤尾さんはショックを受けた。

やはり家族がいたのだ。

しかも病身の子供まで。

彼には絶対に、帰らなければならない場所があるのだと。

「彼との生活を、手放すのは辛かったです……だけどお子さんが病気と聞いたら――知らんぷりはできなくて。数年間、充分幸せにして戴きました。娘もです。夫もきっと無念を晴らせたでしょう――だから、奥様の許にお返ししなければと……」

田嶋さんは、自分の正体がわかっても、その試合中の映像を見ても、実感が湧いていないようだった。

けれど、見れば見るほど、田嶋さんはプロレスラー『遮那王・田嶋雄大』で、藤尾さんはとにかく、彼に家に戻るように言った。

「ご家族に会えば、きっと記憶を取り戻せると思ったんです」

そうして彼を送り出し、藤尾さんはそのまま住んでいたアパートを引き払い、娘さんと名寄に引っ越した。

丁度名寄に住む母親が、足を悪くしてしまった所だったのだ。

彼との別れをきっかけに、旭川を離れる踏ん切りがついた。

「知らなかったとはいえ……奥様には本当に申し訳ありませんでした。それに……私はもうてっきり彼は、奥さんの許に帰ったんだって、そう思って……」

藤尾さんはそう言って、改めて奥さんに頭を下げた。

深く、深く。

「いいえ……事情を聞いて、私もほっとしました」

そう残念そうに、けれど確かに安堵の息を、奥さんが静かに吐いた。

「雄大が失踪した日、彼は試合中に少し強めに頭を打っていたんです。『ナインズ・スプラッシュ』は元々身体へのダメージが強い技でした。記憶喪失……通常なら疑わしいところですが、なるほど……という思いはあります……」

けれど、そう言った村田さんの表情は複雑そうだった。

かといって、田嶋さんが嘘をついたり、記憶喪失の演技をしたりするようには思えないと、それは奥さんだけでなく、彼も思うらしい。

藤尾さんもだ。

「結局彼は私の所に戻りはしなかったし、それはとても悲しい事には違いないけれど……だったらやっぱり記憶が戻らなかったのかも」

それならばまだ諦めもつくと、奥さんは涙を拭きながら、そして労うように藤尾さんの肩に手を伸ばした。

「お嬢さんも一緒にいらしているの？　もう骨になってしまっているけれど、一緒に手を合わせていって。きっと雄大も喜ぶわ」

そう藤尾さんに、優しく声をかける奥さんの気丈さと優しさに、僕の涙腺が爆発した。

控え室にいた娘さんも会場に呼ばれ、女性達は田嶋さんを悼み、涙を流す。

奥さんと藤尾さんは、身を寄せ合うようにして、愛する人を偲んでいた。僕の涙も止められないままだ。

やがて、ひとしきり女性達の涙が収まったところで、望春さんが指輪を差し出した。

昨日は拒絶されてしまった、あの指輪と辞世の句。

「これ……雄大の唯一の遺品なのよ。多分貴方への贈り物だと思うの」

奥さんはそれを手に取ると、そう言って直接藤尾さんに手渡した。

「え？　あ……」

昨日奥さんがしたように、ケースを見た藤尾さんの顔がぱっと輝き――けれど中を覗いて、急速に曇った。

「え？」

と奥さんが首を傾げる。

「あの……前にも一度、雄大さんから指輪は戴いたんですが、私、金属アレルギーで……その時も木製の指輪でした」

言いにくそうに、藤尾さんが言った。

「その俳句だか短歌？　も、私には覚えがありませんし、彼が句を詠んでいるのも見た事がありませんし……思うのですが、私と別れてから亡くなるまで、少なくとも二年くらいは彼、どこかで生活していたという事ですよね……？」

「……そうね、私の家には帰ってきていないし」

ぎゅっと、奥さんの眉間に深い皺が刻まれる。

「そうなのね……これ……もう一度お返しするわ」

と、奥さんは頭痛を抑えるように、再び望春さんに指輪のケースを戻してきた。

こうなったら、意地でも持って帰りたくないという空気だった。

「……ごめんなさい。記憶を失ってるかもしれないってわかってても、次々に女を作っているんだって思ったら、ちょっと複雑よね」

奥さんはそう言って苦笑いした。

「くそ……まわりにどれだけ苦労をかければ気が済むんだ」

失望したのは、奥さんだけではなかったらしい。村田さんがぽつりと洩らした。

奥さんの表情が曇った。

けれど友人だからこそ、彼は田嶋さんの行動を、『記憶喪失だったから』では片付けられないのかもしれない。

怒りを鎮めるためにか、彼は「顔を洗ってくる」と言って、ドスドス足音を立てて小ホールを出て行った。

「……雄大が失踪してから、彼がずっと、私と息子を支えてくれていたんです」

奥さんがやや乱暴に閉められたドアを見て、ぽつりと言った。

生活も、育児も、収入の面でも、実質田嶋さんの代わりをしてくれていたのだと。

「彼の怒りはもっともだとは思うんですけど……」

とはいえ、怒りきれない、憎みきれないのは、惚れた女の弱みかな、と奥さんが言うのを聞いて、藤尾さんと娘さんがまた、はらはらと泣き始めた。

それを見て、奥さんは二人をぎゅっと抱きしめる。

「嫌じゃなかったら、旭川で雄大がどんな暮らしをしていたか、聞かせてくれる？ 一緒にあの人の思い出ばなしをしましょうよ」

優しい声だった。

僕の目も、完全に栓の壊れた蛇口みたいに、涙が止まらなくなっている。

やがて村田さんが戻って来た。

「私、もう一泊していこうと思うんだけど」

奥さんが村田さんにそう言うと、彼は不愉快そうに顔を歪めた。

「だけど……」

村田さんは仕事もあるので、今日の内に東京に戻らなければならないそうだ。奥さんも一緒に帰る予定だったそうだけれど、旭川—東京間の飛行機は、そう何便もあるわけではない。

息子さんは実家の両親に預けているので、あと数日滞在日数が増えても問題ないらしい。

「…………」

とはいえ、村田さんは不本意なようだった。

「宿泊室は本日は空いておりますので、もう一日ご使用戴いても結構です」

と、小葉松さんが言い添えた。

「そんなの、きりがないいんじゃないか？」

「そうだけど……」

まだ村田さんは、少し納得のいかない表情だ。でも僕らにはわかっていた。感じていた。奥さんは残りたいのだ。もう少し。

ここで夫を知る女性と、彼を偲びたいのだ。

「ニュースにもなっておりましたし、明日は土曜日です。生前ご縁のあった方が、他にもいらっしゃる可能性はございます」

慌てて望春さんも言った。だのに村田さんは更に顔を顰めた。

確かに田嶋さんがいなくなった後――たとえそれが、記憶喪失が原因だったとしても――に、奥さんとお子さんを支えてくれていたのは村田さんだし、立場としては他人、友人というより、もう少し距離は近いだろうけれど。

とはいえ、遺族である奥さんが、もう少し別れに時間をかけたいと言っているのを、咎(とが)めるっていうのは……。

そんなじわっとした不快感が、僕の表情にも出てしまったんだろうか、村田さんはドアの横に下がっていた僕を睨(にら)んだ。

「……じゃあ、あすみの好きにしたらいい。でも東京でのお別れ会の準備なんかもあるし、色々挨拶(あいさつ)にも行かなきゃいけないだろ。忙しいんだから、あんまりだらだらしていたら――」

「わかってるわ。すぐに……明日にはちゃんと帰るから」

そう慌てて返事をした奥さんに、村田さんは不満げな態度を、少しも隠す事なく席を立ち、一応といった感じで小葉松さんに頭を下げた。

だけど望春さんと、その横にいた藤尾さん親子とは目を合わせる事もなく、またドスドスと部屋を出て行こうとし――そして入り口で、再び僕の事を睨み付けた。

「いい加減にその心のこもらない嘘泣きはやめろよ！　イライラするだけだ！」

「え？」

ばたんと乱暴にドアが閉められ、僕は呆然(ぼうぜん)とした。

嘘泣きなんてしたつもりはないし、むしろ嘘なら良かった。泣かないでいられるなら。

感情的な僕はやっぱり、感情的な場に向いていない気がする。

女性達を残し、僕はそっと部屋を出た。

与えられていた別の仕事をこなしながら、僕の中でずっと村田さんの言葉が暴れていた。

ここは、悲しみが深すぎる。

溺（おぼ）れてしまいそうになりながら、僕は打ちひしがれてマンションに帰った。

帰り道、いつまでも沈まない夕日が意地悪だった。

伍

マンションに戻ると、いつもなら出迎えてくれる紫苑さんの姿がなかった。

ほっとしたような、がっかりしたような気持ちで着替えを済ませ、診察室と私室のある、紫苑さんの部屋の方に向かう。

ドアの鍵（かぎ）は開いていた。

中に入ると、微（かす）かにシャワーの音と、ほのかに甘いお湯の匂いがした。

「……まあ、いっか」

帰宅後、紫苑さんの診察を受けるのが僕の日課だ。

このまま診察台で待っていても問題ないだろう――と、僕はひとまず、診察用のリクライニングソファに寝転んだ。

天井を見てから、ころんと寝返りをうつ。と、いつも紫苑さんの座っているハンギングチェアが目に入った。

「…………」

ゆらゆらと気持ちが良さそうな、卵形の籠チェア。

一度座ってみたいと思っていた。そーっと、こっそり移動をする。

「うわわ」

ぎ、っと重みに軋む籠に、おそるおそる体重を預けると、思わず声が出た。ブランコともまた違う不安定さは、快適というよりも少し怖い。

とはいえ、このなんとも言えない浮遊感というか、ゆらゆらする感覚は、昔伯父さんとのキャンプで乗った、ハンモックを彷彿とさせた。

慣れてくると、このゆらゆらがなんとも心地よい。ここで本でも読みたい気分だ。

いいな、僕も欲しいな。高いのかな、高そうだな――なんて思いながら、紫苑さんの席で部屋を見渡して、ふと気がついた。

紫苑さんの私室のドアが、少しだけ開いている。

――どんな部屋なんだろう？

不意に好奇心、よりはもう少し切実な感情が、僕の胸に湧き上がる。

かすかな隙間の暗闇が、僕を執拗に誘った。

――あの向こうに何があるのか。彼の秘密を暴ける何かがあるんじゃないのか？

今、紫苑さんは、『涙の収集』の為、彼にとって僕が『金の卵を産むガチョウ』だから、僕にとにかく優しい。

けれど善良にすら感じる彼の正体が、本当はそんなものではないと、僕の本能的な部分が叫ぶのが聞こえる。

言葉にできない違和感。ザラッと心の上を撫でる危機感。僕の細胞が彼は危険だと叫ぶのだ。

だから覗いてはいけない。見なかったことにしなければならない――そう心が警鐘を鳴らしているとわかっているのに、わずかな隙間が僕の心を捉えて離さなかった。

ぎ、と小さなハンギングチェアの軋む音、床を踏んで歩く微かな音が、普段より大きく聞こえて怖い。

自分の心臓の音、息を吸う音、唾液を飲む音も。

緊張で目が濡れた。涙がじんわり視界を邪魔する。

それをぐいっと手の甲で拭ってドアにそっと手を伸ばすと、ドアは音もなくすう、と開いた。

「…………」

リビングの明かりで照らされた僕の影が、カーテンの閉じられた白い部屋の中に伸びた。

死体が転がっている訳などないとわかっていても、何かすごい物があるんじゃないか？　と思った僕の目に映ったのは、沢山の標本箱を収めた棚とベッド。

僕の部屋と間取りが変わらないのだとすれば、奥はウォークインクロゼットだ。

そこを開けるべきか悩みつつ、部屋の中に一歩踏み込む。

「……あ」

ふと、壁に飾られた絵が、僕の視線を惹(ひ)いた。

見回すと、白い壁に二枚の絵画が飾られている。

一枚目は奇妙でグロテスクな絵だった。全体的に暗い色で、厚く塗られた絵の具の筋が、妙に心をざわつかせる。

それは汚泥の中に横たわるワニの絵だった。

そのワニの目を、何故かオレンジ色の蝶(ちょう)が覆っていた。

そしてもう一枚。

それは女性を描いた絵だった。

僕は瞬間、息が止まるかと思った。

こちらに優しく笑いかける、美しい女性の人物画――。

僕の頬に、涙がひと筋流れ落ちた。

「お……母さん？」

呟(つぶや)いた瞬間、パッと紫苑さんの部屋が明るくなった。電気がつけられたのだ。

「友人の絵だ。気に入った？」

「あ……」

慌てて振り返ると、シャワーを終え、下半身をタオルで覆っただけの紫苑さんが、濡れ髪で問うてきた。

「あの、すみません、ドアが開いてて、それで――」

「ああ、別にいいんだよ。君は好きに入っていいよ。見られて困るなら君を招かないし、そもそも鍵をかけておく」

「だけど……無作法でした」

「でも僕は気にしない」

本当に気にしていないというそぶりで――そもそも、まるで僕の存在なんてこれっぽっちも気にならないような調子で着替えを始めた。

僕の方がなんだか恥ずかしくて目をそらしてしまった。

「青音が絵画に興味があるのは知らなかったよ」

「そんなに興味があるって訳じゃないですが、でも……この絵……モデルが誰だかわかりますか？」

「モデル？　そうだな……こっちのチョウは僕だけど」

「チョウ……が、紫苑さんなんですか？」

なるほど、確かに紫苑さんは蝶のような怪しいイメージはあるけれど……とはいえ、この蝶は美しいというより禍々（まがまが）しい。

「チャイロドクチョウは、ワニの涙を吸って生きるんだ」

「ワニ……も泣くんですか？」

は虫類が泣くなんて知らなかった。

少なくとも、あの強そうなワニが、泣くようには思えない。

「泣くよ。でも悲しくて泣くわけじゃない。嘘つきなワニは、涙を流しながら獲物を屠(ほふ)る。そしてこのチョウは、その涙を吸うんだ」

嘘つきなワニ――その言葉が、不意に僕の胸に刺さった。

村田さんの言葉が蘇(よみがえ)って、僕の気力をじわじわと奪う――でも僕は嘘泣きなんかしている訳じゃない。

ぶるっと頭を振って、嫌な言葉を振り払う。それより今は、この絵のことだ。

「で、でも、話を聞くと、なるほどって思いますね。この絵を描いた人は、紫苑さんが涙をコレクションしていると知ってるんですか」

ワニの涙を吸う蝶が紫苑さん――それはなんだか言い得て妙だ。

「そうだね。よく知っていたよ。彼がどう思っていたかは知らないし、僕自身もそんな言葉が本当に存在するのかどうかわからないけれど――きっと、彼は僕のただ一人の友達なんだと思う」

「へぇ……じゃあその人の涙もコレクションの中にあるんですか？」

紫苑さんがそんな風に言う人だ。不意にどんな涙の結晶なのか、見たいと思った。

けれど彼はゆっくり首を横に振った。

「彼はワニより嘘つきだからね。涙すら流さない」

紫苑さんは声を上げて笑ったけれど、僕には笑い所がわからなかった。

「でも、親しい人なんですね……じゃあその画家さんに、この絵のモデルが誰なのか聞けませんか？」

そう言って、僕は人物画の方を指差した。

ワニの絵とは真逆というか、その絵はこの世の綺麗な光を色に変えたような――そうだ、聖母画のような神聖な美しさを宿した絵だ。

こちらに向かって優しく、微笑みを浮かべた絵。

「聞くのはちょっと難しいかな」

けれど紫苑さんは、再び首を振った。

「そう……なんですか？」

「残念だけど、彼はもう亡くなっているんだ」

「あ……」

そうだったのか……。

知らなかったとは言え、嫌な事を言ってしまってすみません、と頭を下げると、彼は笑うように目を細めた。

「この絵、死んだ母にそっくりなんです。だから、その、なんていうか……もしかしたら……」

美しい笑顔のその人のぽってりとした唇は、微かに開いて白い歯の先端がわずかに見えている。今にもこれから誰かの名前を呼びそうな、そんな気がした。

そして僕は——それが僕の名前であるような、そんな錯覚を覚えた。

そのくらい、その絵の女性は母に似ていた。写真でしか会った事のない、僕の実の母親に。

誰からも愛される人だったと、みんなが声を揃えて言う。彼女のその笑顔を見たら、誰だってほほ笑み返さずにはいられなかったって。

口元と、そのまま延長線上に首筋に、そして鎖骨のすぐ横に、みっつ縦並びの印象的なほくろまで。

そんな所まで一緒なのに、偶然の他人のそら似、なんて事はあるだろうか？

絵の中で女性は本当に穏やかに笑っている。その表情に僕は——そう、愛を感じる。

僕は自分の父親が誰なのか知らない。

母はそれが誰なのか、家族に一言も洩らさないまま逝ってしまった。

だから、もしかしたら。

「……僕の記憶では、彼は確か、子供を作れない身体だったはずだけど」

けれどそんな僕の気持ちに先手を打つように、紫苑さんが言った。

「え？」

「そんなに気に入ったっていうなら、この絵は持っていくといい。君にあげるよ」

「それは……すごく嬉しいですけど……ご友人の大切な絵なんじゃ？」

本当の事を言えば、この母にそっくりな女性の絵に、僕はどうしようもなく惹かれていた。

こんな風に優しい笑顔で、僕の名前を呼んでくれる母の姿を、幼い頃何度も夢に見た。

だけど――これは、紫苑さんの友人の遺品って事じゃないか。

「別に構わない」

「でも……」

「君以上に大切なものはないからいいんだよ」

……真っ正面から、家族以外の人に――いや、たとえ家族であっても――こんな風に大切だと、言われて嬉しくない者がいるだろうか。

それが僕の涙目当てだとしても。

「あ……ありがとう、ございます」

「うん」

紫苑さんはにっこりと笑顔で僕に頷いて、壁の絵を外し、僕に差し出してくれた。

恭しく受け取ると、自然と涙が溢れた。紫苑さんの笑顔が更に深まった。

そうしてそのまま僕は紫苑さんの診察を受けた。

話したのは主に田嶋さんの事だ。

村田さんにあんな風に言われたことも。

嘘泣きなんかじゃないと証明するように、僕の両目はいつもより多めに涙を流していた気がする。

「それに親友とはいえ、一番辛いはずの奥さんの方が我慢をするのは、どうしても違う気がするんです」

確かに早く帰る理由があったのはわかる。仕事の事が心配だろうし、東京でも色々動かなきゃいけないって事も。

でも、だからって。いくらずっと失踪していたからって、奥さんは夫を亡くしたばかりだ。しかもその原因が、記憶喪失だったかもしれないとわかったら、色々抱えていた気持ちも変わっただろう。

「せめてちゃんと、別れの時間を好きなだけ取らせてあげたらいいと思うのに……」

こみ上げてきた怒りがはらはら僕の頬を伝うと、紫苑さんはそれを採集しながら「うーん」と少し鼻を鳴らした。

「おそらくだけど……彼としても複雑な心境なんじゃないだろうかね。彼女を想えばこそ、早く割り切って欲しいのかもしれない」

「割り切って、ですか？」

「うん。友情や善意だけで、親友の妻子を養うというのは、あまり現実的な話ではないと思うよ。二人が男女の関係であるかどうかはさておき、少なくとも公私ともに支え合う関係なんじゃないかな」

「え？　二人が、ですか？」

驚きに思わず身体を動かしそうになって、紫苑さんに「危ないよ」と窘められた。

「『精神的な支え』のようなフワッとした形ではなく、金銭という実質的な支援が、無償や善意からだけだとは考えにくい」

それは……確かにそうだ。お子さんが病気を抱えて不自由という事もあっただろうけれど、だとしてもわざわざ村田さんが、奥さんの生活費などを負担する状況は自然じゃない。

「彼の失踪に、その『村田さん』が関わっているとか、後ろめたい事があるならまた話は変わってくるかもしれないけれど——でもまあ、夫が失踪し、病身の子を一人で育てている彼女に、彼が親愛以上の情を移したとしても、特別不思議はないんじゃないかな」

「ああ……」

そう言われてみると、確かに二人はその距離感が、少し近かったようにも見えた。

「親友の身を案じ、その妻をずっと横で見守っていた彼としては、悲しみ以上に怒りが勝ったんだろう。彼女が彼を許している事も気に食わなかったのかもしれない」

不甲斐ない親友への憤り、今までの苦労、そして嫉妬——そういったものが全てぐるぐると渦巻いて、あの怒りに変わったのではないかと、紫苑さんが言った。なるほどと思った。

失踪して七年で失踪届が出せるんだそうだ。あと一年で離婚と再婚をする予定だったのかもしれないし、今は事実婚という方法もある。

奥さんだって、帰らない夫を一生待たなければならない訳じゃないのだ。

「……そうやって聞くと、村田さんの事も憎めなくなってきますね」

酷い事を言われた気がしていたけれど、そういう抱えきれない感情に揺り動かされて、何も知らずに泣いている僕に、苛立ちが弾けてしまったのだろうか。

「彼の状況と、君を罵倒した件はまた別だ。それは憎んでも、怒っても構わないよ」

紫苑さんは、ぎゅっと眉間に皺を寄せて言った。

「なんであろうと加害は加害だ。彼は君を傷つけた」

「でも、本当の事を言うと、自分でもよくわかんないんですよ。どうして泣いてしまうのか。彼が言うとおり……もしかしたら僕は本当は嘘つきなのかも」

僕自身、泣きたいなんて思っていない。

涙はいつも自然と溢れる。

泣くのは卑怯だって、前に誰かに言われたことがある。

僕はどうしようもない卑怯者で、嘘つきで、嫌な事から逃げるために、ワニのような嘘つきの涙を流してしまっているのかも――。

「そうだろうか?」

「え?」

その時、まるで僕の心を見透かすように、紫苑さんは目を細めた。

「身体の中から湧き上がる、自分でも抑えられない情動が『心』なら、説明できない涙こそが、君の本当の感情なんじゃないのかな？」

「でも、どんな感情でもすぐに——」

「君の最大の欠点は、『優しすぎること』だと思うよ、青音」

ハンギングチェアの上で、器用に足を組んで、紫苑さんが少し呆れたように言った。

「そんな、僕は別に優しい訳じゃ——」

褒められると思っていなかったので、思わず僕の口角が緩んだ。

「いいや残念ながら、これは褒めてはいないんだ。それはつまり、君は極めて他者との共感性が高く——言い方を変えれば、他人と自分の間に、上手く線引きが出来ていないという事だ。幸い君はコミュニケーション能力が低くはない。だから今まで大きく問題にはなっていないだろうけれど、だからこそ、君は人と関わり合うことに『疲れて』しまった」

「…………」

「君は他人の気持ちまで想い、涙を流す。誰かの痛みを自分の痛みに感じるから、他人に優しくせずにはいられない」

「でも……それなら、『相手の気持ちがわからない』よりいいんじゃないですか？　他人の痛みに無関心な人間でいるより、それなら——」

「君は他人の痛みを喰らって生きる。それが君にとっての苦痛であり、涙であるから『優しい人間』で済んでいるだけで――それが悦びに変われば、君は怪物になる」

「そんな……」

僕が、怪物？　紫苑さんにそんな事を言われるなんて……僕は頬が引きつった。

けれど、彼は至極真面目な表情だ。

僕はうなじの毛がザワッと逆立つのを覚えた。

「君によく似た人を知っているんだ――彼女は確かに怪物だった。他人の心を汲み取ってはその腕の中に入り込み、そして一番残酷な方法で傷つけた。彼女はまさに、不協和音の魔女だった」

「魔女……」

「世の中はバランスが大事なんだよ。何かに傾きすぎた時、人は容易く怪物に生まれ変わる」

つまりこの泣き虫な僕も、『バランス』が取れていないって、紫苑さんは言っているんだろう。

確かに僕自身でも、自分の性格や感性のバランスがいいだなんて思っていない。

でも――やっぱり僕のこの緩すぎる涙腺は、世の中には間違いだって事か……。

「そんな顔をしなくていいよ。君の涙は美しい。それは間違いない。だけど君は諸刃の剣でもある――心配しなくていいんだ。ゆっくりコントロールしていけばいい――少なくとも、僕はまだまだ、君の涙を集め足りていない」

僕の涙の採集を終えた紫苑さんの指が、僕の頬を掠めた。それはガラスみたいに冷たくて、昂ぶった僕の肌に心地よかった。

「ひとまず、その『村田さん』よりも、凍死した男の問題だね。パズルを埋めるには、まだピースが足りない。もっと彼の死の直前を知る者を探した方がいいな」

「え？」

「だって、このままにはしておけないんだろう？」

「そ……そうですけど」

でも僕の涙腺が緩すぎるのが他人と自分の、その境界線を見失ってしまうからだというなら、今回こうやって田嶋さんの指輪の行先を探そうとする僕は、まさにその筆頭なんじゃないだろうか？

とはいえ、やっぱり僕は急には変われないし、このままこの件を終了には出来そうになかった。

「直前を知る人……あ……そういえば、献花に以前田嶋さんをお世話したっていう、NPO法人の人が来ていました」

ただ残念ながら、自分は直接田嶋さんと面識があるわけではないと言っていた。

担当していた職員の人は、今は退職してしまったらしい。

最後まで力になってあげられなかった事は、今後の課題にしていきたいと、他人のようなことを言っていたのが印象的だった。

そう言うしかないのも、わかっているけれど……。

「だったら、その『直接の担当者』という人と、話してみるのが先決かな」

「そうですね、そうしてみます」

「誰からも愛されるような聖人なんて存在しないように、人には必ず様々な顔があるんだ。彼がどんな顔をして生きていたのか、できるだけ多くの視点を集めた方がいい」

「わかりました」

紫苑さんの言葉に、僕は頷いた。

田嶋さんの浮気相手だと思った藤尾さんも、あの意地悪な村田さんも、それぞれの目線で見れば、その立ち位置には理由があって、そして見える世界も全然変わる。

田嶋さんはもういない。

田嶋さんの視点で物を見るには、僕には圧倒的に視点が少ない。

「……だけど何かしてあげたいんです。せめて」

過去に時間を巻き戻せたら――そんな切ない想いと共に残された指輪だ。

僕は彼と出会うのが、あまりに遅かった。

だからせめて。できることなら。

陸

明日一日だけ、田嶋さんの件で動きたいという僕に、望春さんはあまり良い顔をしてくれなかった。

「それは遺品整理士の仕事から、逸脱していると思うわ」

「……わかってます」

「故人の遺した物を適切に処理すること、それを手伝うことが私達の仕事なのよ。そんな誰かに何かを聞き回るようなことじゃないの」

彼女は少し厳しい顔でそこまで言うと、やがて諦めたように深呼吸をひとつした。

「……でも、気持ちはわかるわ。貴方が興味本位で動いてるわけじゃないこともね。だから一日だけよ。そしてご遺族に、奥様に許可を取りなさい。もし彼女が不要だといったら、貴方もすぐに忘れるのよ。私達はあくまでご遺族のサポートをするのが仕事だから」

勿論興味本位なんかじゃない。

けれど、自己満足なのではないか？　と問われたら、違うとはっきり言い切る自信もない。大事なのはあくまで遺された人達の事だ。

奥さんが不快だったり、迷惑に感じたりするような事は、けっしてやってはいけないと、そう厳しい口調で言われた僕は、身の引き締まる思いだった。

翌日、僕は奥さんに、田嶋さんが生前お世話になっていたという男性を訪ねる旨を伝えた。

そして僕が遺体の発見者だったこと。

だからこそ、このまま忘れる事は出来ないことも。

奥さんはとても冷静だった。

疲労の浮かんだ表情で、彼女はそれでも遺体を発見した時の事を、できるだけ詳しく聞きたがった。

「綺麗(きれい)な場所です。とても静かな――もう樹木が一斉に繁りはじめていたので、発見した時はよく見えませんでしたけど、でも秋で葉が枯れ落ちていた頃は、きっと湖が見えたんじゃないかと思います」

「そんな綺麗な場所を、終わりに選んだのね……あの人らしくない。何か思い出があったのかしら」

奥さんはぽつりと言った。

「そもそもね、私……彼が旭川に、どんな思い出を残していたのかほとんど知らないの。話したがらなかったから……てっきり好きじゃないんだと思ってた。でも……記憶をなくして行った場所は、私の所じゃなくこの街だったのよね……」

それはどこか、嫉妬を含んだ響きだった。この街に。いや、この街にいる誰かにかもしれない。

「すみません……勝手なことだとはわかっているのですが」

不意に、罪悪感を覚えた。

僕は奥さんの心を、無闇に波立たせているだけなんじゃないかって。

「いいえ。出来る事なら私もね、指輪を受け取るべき人が誰なのか知りたいの。友達になりたいわけじゃないけどね。でも――女のプライドなのかな」

奥さんが短く息を吐いた。

僕は少し戸惑った。

「ああ、別に喧嘩するつもりもないわよ？」

「あ、はい」

「とはいえ……彼がこんな風になった原因は、知りたいと思う。そしてその原因がその人にあるのだとしたら……」

「…………」

僕は純粋に田嶋さんが想っていた人に、指輪を届けたい気持ちではあったけど、確かにその相手が、田嶋さんを死に追いやった可能性はある。

僕はますます困った。

復讐の為、誰かを恨んだり、傷つけたりする為に、田嶋さんの足跡を辿りたかったわけじゃないからだ。

そんな僕の躊躇を感じ取ったのか、奥さんは軽く首を横に振った。

「とにかく私も……本当の事が知りたい。あの人が本当に記憶がなかったのか、本当はそうじゃなかったのか。それを知って、傷つくことになったとしても」

強い意志を感じる声と眼差しだった。燃えるような。

愛は、痛みに勝るのだろうか。

それとも、それでも『知る』事で、亡き人との決別を覚悟したいのだろうか？

「……何かわかり次第、すぐ連絡します」

「私の方でもね、昔彼がお世話になっていた、プロレスバーのマスターを捜してみようと思うから。だから帰りは、明後日の飛行機を取り直したから」

「え？……大丈夫ですか？」

帰りを一日遅らせると言うだけで、不快感を露わにしていた村田さんの姿を思い出す。

けれど彼女は、大丈夫、と頷いた。

「土日で飛行機が満席って言ったら、あっさり信じてたから。だからできる限り、ね」

「はい」

頷くと、彼女は僕から視線を外し、窓を見た。

ミュゲの宿泊室は、ごく普通の和室で、見える景色も普通の街道だ。

青空の下、冬にばっさりと枝を落とされた筈のプラタナスが、夏を迎え一斉に緑の葉を伸ばし、風に揺れているのが見えた。

「……昔ね、不本意なヒール役に悩む彼の背中を押したのは私なの。見た目からいって、そっちの方が人気が出ると思って。子供が生まれた事もあって、彼は頑張ってくれたけど……もっと別の方法があったかもしれないと後悔してるの」

――だからせめて、最後くらいあの人の自由にしてやりたい。

彼女はほとんど声にならないくらい、微かな声でそう呟いた。

様々な想いで揺れる奥さんを見て、また泣き出さずにはいられそうになかった僕は、宿泊室を後にした。

北海道は、路上で生活する人が極めて少ない。

何故なら厳しい冬が間に横たわっているからだ。

そういった生活の困難な人達を受け入れて、行政などに接続したり、自立支援をしたりしているのが、田嶋さんが生前お世話になっていたという施設だった。

とはいえ、既に当時、田嶋さんの自立支援を担当していた方は退職し、もう別の職に就かれているという。

それでも直接お話出来ないか打診してみると、休日にもかかわらず彼は快く応じてくれた。

昔伯母さんが何度か連れてきてくれた、信号機のある紅茶店で、僕は元職員の梶さんにお話を伺えることになった。

「献花に伺おうかどうか迷っていた所だったので、お会い出来て嬉しいです」

そう言って僕を迎えてくれた男性は、まだ三十代前半くらいの優しそうな人だった。

女性で、実は指輪の受け取り主だったらいいなと思っていた僕は、内心ちょっとだけがっかりした。

「こう言ってはなんですが、あまり実感が湧かなかったんです」

と、彼は言った。プロレスラーが亡くなったニュースを聞いても、その人と田嶋さんがなかなか結びつかなかったらしい。

「信じたくない気持ちがあって、余計でしょうが――丁度一枚写真があったので、持ってきたんですよ」

そう言って彼に渡された写真を見て、その理由がすぐにわかった。

「え？　これが、田嶋さん……ですか？」

「はい。正直……私の中の彼と、プロレスラーとしての彼はあまりにイメージが違っていて」

「それは、確かに……」

僕の中にある『田嶋雄大』さんは、小柄ながらもぎゅっと筋肉が詰まったような、屈強な身体の持ち主だった。

けれどいったい何があったのか。

そりゃあ勿論、現役時代のままではない事は想像していた。でも写真の中の田嶋さんは、見る影もなく痩せていて、そして老いていた。

たった六年とは思えない。十歳や二十歳は歳を重ねてしまったように見えた。

痩せたせいで顔に浮いた皺と、年齢の割に多めに目立つ白髪のせいかもしれない。でもそれだけとは思えない。

「ご苦労を……されてきたんでしょうね」

そう絞り出すと、彼は寂しげに頷いた。

「優しい人でしたよ。寡黙で、我慢強くて……おそらく病気を患われていたと思います」

「あ……」

病は時に、人から若さまで奪ってしまうんだろうか？

そういえば伯父さんの遺体を見た時にも、その『老い』に僕は驚いたのだった。

「本当は通院や生活保護等の行政支援につなげたかったんですが、本人が頑なに拒否してしまって……」

「ご本人が、ですか？　お金とかの問題ではなく？」

「はい。なにかもう少し……強い意志を持たれていたように思います。自暴自棄だとか、そういうものではないような」

その行く末が、あの美しい場所での死なのか。

僕は目を伏せて、あの静かな湖を思った。

そうして再び顔を上げた時には、梶さんはそんな僕の涙に揺すぶられるように、じわっと目を赤くした。

「生前……何か彼から聞かれたことはありませんか？」

「あまり何かを話してくれる人ではなくて。ただ一度どうしても行きたいところがあると。丁度私の父が免許の返納をし、長年乗っていた車を処分するという話だったので、廃車前に数日間だけ貸すことにしたんです」

何かあったら、盗まれたと言ってくれればいい、と田嶋さんは言っていたそうだ。梶さんにはいっさい迷惑はかけないと。

元々、もう処分する予定だった車だ。言われたとおり、もし何かあったら盗まれたことにしようと、そう思っている間に、時間が過ぎて行ったのだそうだ。

「礼儀正しく、真面目な人だったと思います」

とにかく物静かで、我慢強い人だったと、梶さんは寂しげに言った。

だからこそ、車の件は断りがたかったのだ。

「犯罪や、トラブルを起こすような人には思えなかったんですよ。とはいえ……内心、彼が死のうとしている事は、私もうっすらとわかっていたんです。今思えば、なんとしてでも止めるべきだった……」

梶さんは、本当に田嶋さんを好ましく感じていた人なのだろう。

彼は後悔を紅茶の湯気と共に吐き出すと、とうとうその目から、涙を零（こぼ）した。

「それはでも……仕方なかったんじゃないでしょうか」

無責任に止めたところで、田嶋さんがその先の人生をどうやって生きたのかはわからないし、おそらく別の方法を選んだだけだろう。

ただ話を聞く、相談に乗るだけで思いとどまってくれるような——そういう状況でない事は、僕にだって想像は出来た。

「『死ぬな』って言うのは簡単な事だと思うんです。でもそういう人を思いとどまらせるような、本当に本人に必要な言葉は、『一緒に生きよう』だと思うんです。ものすごい重い言葉だと思います」

その重さに、自分まで沈む覚悟がなければならない言葉だ。

「じゃあ彼はその……他に親しい、女性のような方はいらっしゃらなかったんでしょうか？　同じ施設の中に、とか」

これ以上の言葉は、逆に梶さんを悲しませるだけな気がして、僕は話題を本題に移した。

「入居者の女性と、特別親しい雰囲気はなかったですね」

「彼の遺品に指輪があったんですが、奥さん達のサイズじゃなかったんです」

「指輪、ですか？」

「はい。おそらく女性ものの……指のほっそりとした方用の指輪です。そしてそのケースの中に辞世の句が」

そう言って、あらかじめ撮影しておいた写真をスマホで見せる。梶さんはうーんと腕を組み、

そしてその和歌が、静御前の残した歌である事を話すと、梶さんはうーんと腕を組み、思案するようにティーカップを見下ろした。

「わかりませんが、もしかしたら名古谷さんが何かご存じかもしれません」

「名古谷さん？」

「以前田嶋さんと同室だった方なんですが、昔学校の先生をしていらっしゃったんです」

「学校の、先生……」

「ええ。小中の教員免許を持っていたとかで、確か教科は国語と歴史だった筈です」

国語と歴史！

「あ、あの、その方、紹介してくださいませんか？」

思わず僕が興奮で身を乗り出すと、丸いテーブルが揺れ、危うくアイスティーのグラスが倒れそうになってしまった。

「そうですね……もしかしたら、早くお会いになった方がいいかもしれません」

そう言うと、梶さんは寂しそうに視線を伏せてから、名古谷さんの現在の住まいを教えてくれた。

すぐに調べて向かった。

その場所は病院だった。

漆

夏の旭川らしい、ジリジリと頬を焼くような日差しから逃げるように、名古谷さんの入院している病院に飛び込んだ。

ナースステーションで面会に来た旨を伝え、まだ昼食の匂いの残る廊下を進み、目的の病室に入った。

四人部屋は全て仕切りのクリーム色のカーテンが閉じられていて、本当にこの病室で間違いないか、少し不安に思いながらも「すみません」と無難に挨拶(あいさつ)をする。

ほとんど同時に僕の気配に気づいた名古谷さんが、仕切りのカーテンを開いてくれた。梶さんが見せてくれた田嶋さんの写真――彼の隣に立っていた男性が、名古谷さんだというのは一目ですぐわかった。

名古谷さんの額には特徴的な、大きなほくろがあったからだ。

「やっぱり、あのニュース……雄さんだったんだね」

用意してくれた椅子に腰を下ろしながら、改めて田嶋さんの事で訪ねてきた旨を伝えると、彼は寂しそうにぽつりと呟(つぶや)いた。

「寂しいが……まあ、私ももうすぐ会えるから、伝言があったら伝えてあげるよ」

ベッドの上であぐらをかく名古谷さんもまた、写真の中の彼よりもげっそりと痩せてしまっていて、パジャマの隙間から覗く足は、骨と筋がくっきりと浮き上がって見える。

そんな彼にこんな事を言われて、僕は返答に困った。少しも笑えない冗談だ。

「ははは、大丈夫。病気のお陰で、もう会えないと思っていた娘と、孫にも会えたんだ——まあ、ひ孫は無理だけどね、もしかしたら三人目の孫の顔は見れるかもしれないんだ」

だからまだもう少しは頑張るよ、と彼は笑った。下の娘さんが九月に出産予定なのだそうだ。

僕はますますなんて言っていいかわからなくて、涙を堪えるために、息を深く吸った。病人に長く負担はかけられない。せめて早く用件を済ませなければ。

「この和歌に見覚えはありませんか？」

そう言いながらスマホを差し出すと、梶さんは「どれ」とテーブルの上から眼鏡を手にした。

「——ああ！　静御前の歌だ。これは雄さんの字だと思うよ」

かけた眼鏡の位置を軽く直すようにしながらも、指輪と和歌の写真を見せるなり、名古谷さんがあっさりと言った。

「でも奥さんが——」

「彼の字じゃないってんだろ？　そうだねえ、毎日ひらがなから随分練習をしていたんだ。一字一字ね。私の字が綺麗だって言うもんだから、だったら練習したらいいって。

本人も脳トレに丁度良いからと、本当に真剣に取り組んでいたよ」

そう言って名古谷さんが身体を壊し、田嶋さんも足の骨にひびが入ってしまった冬のことを話し始めた。

生真面目な田嶋さんは、仕事中に負った怪我を抱えて、何もせずに施設のお世話になっている事に申し訳無さを感じていたらしい。

怪我だけでなく、彼は顔色もあまりよくなかった。

名古谷さんはそんな田嶋さんに、一冬『勉強』をする事を勧めたのだった。

「雄さん、子供の頃ろくに勉強をできなかったって言っていてね、字の練習だけでなく、国語と歴史を習いたいって言ってさ。彼、特に日本史が随分好きだったんだよ」

「それで……静御前、あの和歌ですか」

「うんうん。だから歴史小説も好んでいてね、辞書を引きながら一生懸命読んでいたよ。中でもそうだな、義経には随分興味を持っていたと思う。でもなるほどね、自分が『遮那王』だったからなんだろうなぁ」

名古谷さんは腕を組み、納得したように頷いた。

「義経が好きな理由って事ですか？」

「いや……それだけじゃなくてね、やっぱり自分を重ねているところがあったんだろうなあと」

「どういう事ですか？」

「義経伝説って知っているかい？　頼朝の命で討たれた義経の首は、夏の暑さですっかり腐敗して、本当に本人のものなのか、わからないような状態だったんだ……だから、実は彼は逃げ延びたっていう話がいくつもあるんだ」

「……ああ、確か北海道にもあるって」

たとえばアイヌ神話の英雄神、アイヌラックル、オキクルミと呼ばれる神様は、実は義経なんだって、そんな挿話を耳にしたことがある。

僕は、だったら田嶋さんの死も、本当は別人だったら良かったなんて、そんな事を思った。

「その、義経伝説が、田嶋さんと……？」

「ああ。私の地元の積丹（しゃこたん）の海岸に、メノコ岩って呼ばれる岩があるんだ。伝説によると北海道に逃げ延びた義経は、こっちで出会った若い娘と昵懇（じっこん）になったけれど、やがて子を身ごもった娘を残し、船で発（た）ってしまった」

「それは……さすがに無責任なんじゃ？」

「過酷な逃亡の旅に、身重の女性は連れて行けなかったんだろうね。でも若い娘は悲しみのあまり、生まれたばかりの赤ん坊を抱いて、海に身を投げて、その姿が岩になった。以来あの海では、女の人を乗せた船は難破するって伝説があるんだ」

それでもやっぱり無責任だ。連れて行けない人を、そんな風に愛するだなんて。

その女性があまりにも可哀相すぎると思った。

愛を怒りと憎悪に変えて、愛しい人ではなく、愛しい人を攫っていくかもしれない誰かを妬み、海の底に沈めようとするなんて。

　そういう魔物に変えられてしまうなんて。

「……雄さんも、同じような顔をしたよ」

「え？」

「そしてね、突然オイオイと声を上げて泣き出したんだ――びっくりしたよ。で、話をよく聞いたらさ、入所前にね、若い恋人と強引に別れてきたそうなんだ」

　どきん、と、僕の心が跳ねた。

「多分ね、雄さんも自分の死期みたいなものをわかってたんじゃないかな。自分なんかよりいい相手がいるって、無理矢理別れてしまったらしいんだけど、どうやらお腹に赤ん坊がいたみたいでね」

　田嶋さんが我が子の存在を知ったのは、その若い恋人の遺書からだったんだ、と、名古谷さんが寂しげに言った。

　まだ若く、未来のある彼女には、自分を忘れて別の人と幸せになって欲しい――そういう想いで、田嶋さんは恋人の許を離れた筈だったのだ。だのに恋人は田嶋さんに別れを告げられた後、自ら命を絶ってしまったらしい。

　それがメノコ岩の伝説と重なってしまったんだろう。

「雄さん、酷い事をしてしまったとずっと悔やんでいて……結局、最後までそこから抜けだせなかったんじゃないかな」

　恋人を捨てた無責任な義経も、自らの終わりを意識した旅に、愛する人を連れて行けなかったんだろうか。

　愛する人に幸せに生きて欲しい、自分以外の誰かと共に進む道だとしても——そう想って別れた筈が、彼女を死に追いやってしまったと気づいた田嶋さんの無念は、いかばかりだっただろう。

　僕の頰に涙が伝った。

「……義経ってのは、そりゃいい男だったんだ」

「そう歴史でよく語られていますね」

「うん。義経って言うと、静御前が有名だけどね、他にも数人の奥さんがいたんだよ。正室は河越重頼（かわごえしげより）の娘であり、頼朝の乳母の孫娘である郷御前（さとごぜん）。敵であった平清盛（たいらのきよもり）の義弟・平時忠（ときただ）の娘の蕨姫（わらびひめ）、そして有名な静御前……」

『英雄色を好む』ではないけれど、他にも何人も情を交わした女性がいたそうだ。

「静御前なんざ、そりゃ聡明（そうめい）な女性でね。しかも肝が据わってた。なんせ義経を討ったために、自分を捕らえた頼朝の前で、舞い詠ったのがあの歌だ。しかもお腹には義経の子がいたんだよ」

『しづやしづ　しづのをだまき　くりかへし　むかしをいまに　なすよしもがな』

自分を『しづ』と呼んでくれた、義経との日々にもう一度戻りたいと、敵陣で気丈に詠う意志の強さは、確かに驚かされる。

「しかもその歌は、元々『伊勢物語』の一首に擬えた歌なんだけれどね、おそらく『古今和歌集』の歌にもかけてあると思うんだよ」

「『古今和歌集』の？」

「『いにしへの倭文の苧環　卑しきもよきも盛りはありしものなり』……卑しい者も高貴な者も、調子の良い時代はあるものだと。そしてこの『ありし』は過去形でね。つまり静御前は頼朝に、強者といい気になっていられるのも今のうちだと、そう警告しているんだよ」

それは警告なのか、或いは挑発なのか。

自暴自棄なのか、豪胆なのか、怒りの発露だったのか。

けれど夫と自分を殺そうとする時の権力者に、真っ向からぶつかっていくなんて、並大抵の精神力じゃないだろう。

「本当に強い女性だったんですね」

「そんないい女に命がけで愛されていたんだ。義経もさぞ彼女達を愛しただろう――田嶋さんもそうだったんだと思うよ」

強面で、真面目だったという田嶋さんだ。調子よく女性を騙すタイプでもない。

それでも少なくとも三人の女性に愛された彼は、確かに人に本当に『愛される』人だったんだろう。

「素敵な人だったんですね」

「ああ、本当にそうさ。でも幸せな人生ではなかったように思える」

名古谷さんはそう言って、心底悲しそうに溜息を吐いた。

「お詫びなのかな。それともせめて側で死にたかったんだろうかね……田嶋さんの『静御前』――最後の恋人が身を投げたのは、あの朱鞠内湖だったんだよ」

捌

梶さんと名古谷さんの話を聞いた後、僕は奥さんに連絡を取った。

今日のことを話すと、電話越しにすすり泣く声が聞こえて、僕は涙を必死に堪えた。

『あの人らしいわ、ありがとう』

それでも彼女はそう言って労ってくれた。

少なくとも理由はわかった。何か救いがあったようには、僕自身も思えないけれど。

でも女性も既に亡くなっている事や、田嶋さんも健康を損なっていた事――もしもっと早くに何かをしてあげられていたら……と、悔いの残る事はあっても、少なくとも誰かを強く憎まなければならないような、そういう状況とは少し違う。

『もしかしたら、誰かを憎める方が楽なのかもしれないけど、でも……』

「…………」

『雄大はこの六年で、私とはまったく関係のない、別人みたいになってしまっていたでしょう？　記憶が無くなっていたなら仕方ないとは思うけど……どこまで『妻』として、泣いたり、怒ったりしていいのか、私にその資格があるのか、自分でもよくわからなくて』

そう奥さんは寂しげに洩らした。

「そんな事……資格だなんて、あるに決まってるじゃないですか」

『だけど私、雄大と夫婦として暮らしていたのは、たった二年だけなのよ』

電話越しに奥さんが悲しげに笑った。

「ああそれは……」

それは……あまりにも、短い。

法律の上ではまだ夫婦でも、少なくともこの六年の間、田嶋さんはまるで別人のように旭川で暮らしていたのだ。

そこに自分の存在する余地を見つけられないと、彼女が途方に暮れてしまうのもわかる。

『ああもう……自殺したのも本当は雄大じゃなくて……義経みたいにどこかで生きていてくれたらいいのに』

せめてどこかで幸せになってくれていたらいいのに。

でも一番の望みは、自分の許に帰ってきてくれる事だろう。

霧雨のような静かな悲しみに耳で触れ、僕は泣かないように必死だった。

せめて電話中、嗚咽だけは洩らしてしまわないように。


そうして報告を全て終えて、僕は電話を切った。

同時に涙が溢れた。

彼女はもう少しだけ、旭川で田嶋さんを知っている人を訪ねてみるらしい。

結局たどり着くゴールは田嶋さんの死なのだから、ハッピーエンドにはなりっこないってわかっていても、もう少し何か……たとえば奥さんだったり、遺された指輪だったり、優しい終わりに結びつけられたらいいなって思っていた。

いや、何か出来るんじゃないかって、そんな慢心が僕の中にあったのかもしれない。

でも結局僕に出来るのは、ただ泣くことだけだったなんて。


忸怩たる思いを抱えたままマンションに戻ると、紫苑さんは幸い患者さんと面談中のようでほっとした。

僕はまっすぐ部屋に入った。

正直、今は紫苑さんと話をしたくないと思ったからだ。

足音と、呼吸をしのばせるようにして、そっと自分の部屋に身を滑り込ませた。

ベッドに横になり、母に似た聖母画を眺める。

もし母が生きていたら、こんな時僕になんと声をかけてくれただろう？

そんな事を考えているうちに、少しウトウトしてしまっていたらしい。

「おかえり。どうだった？」

診察を終えた紫苑さんにそう声をかけられて、僕は慌ててベッドから飛び起きた。

「あの、ど……どうって……」

それを一から話すのは気が滅入った。

とはいえ、彼に憂いをぶちまけて、泣くのが僕の仕事でもあるのだ。

今日は嫌だ、と言って聞いてくれる人じゃないと思うし、僕は涙を提供するからこそ、ここにいていいんだから。

僕は覚悟するように息を吐いた。溜息だったのかもしれない。

「……できる限りって思ったんですけど、結局何かの役に立てた気はしません」

虚栄心を満たしたいとか、そういう利己的な気持ちで動いていたわけじゃなかった。

だけど一生懸命心さえ尽くして動いたら、誰かの役に立てるんじゃないか？　だなんて、完全に浅はかな僕の驕りだ。

そういう自分の失敗を、わざわざ他人に話すのは苦しい。悲しい。恥ずかしい。

いくつもの感情がない交ぜになって、僕の両目から溢れた。

嫌だったはずなのに、泣きながら話すと、少しずつ胸のわだかまりが解けていくのを感じる。

知らない人と会って、悲しい話を沢山した上に、今日はずっと泣いちゃ駄目だと気を張っていたのだ。

だけど自分でも無意識のうちに、僕はものすごいストレスを抱えていたらしい。

反動のような慟哭がおさまると、紫苑さんは用意していたガラス瓶に、僕の涙を満足げにおさめた。

「我慢せずに泣けばいいのに、どうして我慢するの？」

紫苑さんが不思議がるというより、不満そうに首を傾げてみせる。

「でも……また村田さんみたいに、怒る人がいるかもしれないですし……」

ようは、僕はあの時とても怖かったのだ。

身体の大きくて、怖そうな見た目の人に、あんな風に怒鳴られたのは初めてだし、ショックだったのだ。

「まったく……そんな粗暴な男の事など、気にしなければいいのに」

紫苑さんがさも不快そうに吐き出した。

「でも……」

「生物は経験から学習する。良くも、悪くも」

「経験、ですか」

「君の涙にとって、良くない『経験』をしてしまったね、青音。恐怖や不安は、君の繊細な心では容易く疵になる。しかも簡単には癒やせない疵だ——とはいえ、心配しなくていいよ。その為に僕がいるんだから」

僕を慰めるように、殊更に優しい声で紫苑さんが言った。

つまり、これも『経験』なんだろう――誰かに必要とされ、大切にされる事の。

「それに僕は君が本当に、何の役にも立っていないとは思わない」

「え？」

「ただ少し視点が足りていないだけだ。もう一度ふりだしに戻ってよく考えてみたらどうかな」

「ふりだし……ですか？」

「人は嫌な事を学習する――だったらどうしてキャンプ場の管理人は、自殺したレスラーの事を、あんな風に恐れたのかな？　まるで初めての事のように」

言われて、はっとした。

そういえばそうだ……田嶋さんの『静御前』が先に湖で自殺したのだとしたら、もうちょっと経験に則った発言になるんじゃないだろうか？

だって、その女性が自殺して、まだ何年も経っていない筈だ。

「勿論死体が上がっていない可能性もあるけれど、朱鞠内湖はキャンプ場だけでなく、釣り人にも人気のスポットだ。人の足で入れる場所は比較的人目があるように思う」

確かに。田嶋さんの遺体の発見が遅れたのは、秋と冬を挟んでしまったせいだ。

朱鞠内湖の冬は本当に厳しいから。

慌てて僕はネットで、ここ数年分の朱鞠内湖の事故について調べた。

だけど田嶋さんのニュースの他に、過去のダム建設時代の話や、湖の奥の方で過去に事故があった……という記事だけで、ここ数年誰かが亡くなったとか、自殺した人がいたというのは見つからなかった。

「確かに遺書を見てって名古谷さんは言ってましたけど……女性の死を裏付ける物は、その遺書だけなのかも……」

少なくとも田嶋さんは、後から遺書を見て彼女の死と赤ちゃんがいた事を知ったと言っていた。

実際に彼女の死に立ち会ったとか、葬儀に出席したとか、そういう事じゃない。

だったら、もしかしたら……？

「管理人さんが、何か知らないか聞いてみます！」

ぎゅっと涙を拭いて、僕はスマホを手にした。

玖

『確かに彼女の事は覚えているけれど……ああ、そうか……だから彼はあんな場所で』

僕の電話に驚きつつも、彼は田嶋さんがあの場所で亡くなった理由に、納得したように溜息を洩らした。

「じゃあ、やっぱり自殺された女性がいたんですか？」

『……若い女性だよ。話によると、ちょっと不幸な育ちをした人で……しかも恋人に捨てられ、直後にお腹に赤ちゃんがいるとわかって……死んでしまおうって思ったみたいでね』

「ああ……」

それは、まさしく『彼女』だ。僕はぐっと胸が締め付けられた。

『――とはいえ、入水自殺なんて、そう簡単にできるもんじゃないんだよね』

「え？」

それは夏にはまだ少し早い、けれども好天の続いた、あたたかな五月の半ばの事だったそうだ。

もうこれ以上、一人で生きてはいけないと思った時、僕だったらどこを『最期の場所』に選ぶだろうか。

自分の孤独に打ちのめされた彼女は、そうじゃなかった頃の思い出に縋った。

幼い頃に家族とキャンプで行った、朱鞠内湖。

最初彼女は、キャンプ場を死に場所に選んだけれど、天気が良かったせいか、キャンプ場にはお客が数組いたそうだ。

『人目を避けて――まあ……それでも車で行ける場所を選んだんだろうけどね』

最初彼女は、首を吊ろうと思ったらしい。

だけど適当な木を見つけられず、そして思った――そうだ、湖に入って死のう。

まだまだ水は刺すように冷たい。

冷たい水に入ったら、確かすぐに心臓が止まってしまうはずだし、苦しまないで死ねるんじゃないかと、彼女は考えた。

けれど人目を避けようと彼女が選んだ、『イタリア半島』と呼ばれる場所の付け根当たりは、幸か不幸かワカサギの産卵目当てにイトウが集まる、人気の釣りスポットで、丁度五月の半ばはそのシーズン初期と重なる。

だからすぐに、釣り人の一人が、水の中に入っていく女性の姿に気がついた。

『ヒグマも気をつけなきゃいけない場所だし、若いお嬢さんが服を着たまま、まだ冷たい湖にざぶざぶと入って行くのを見たら、そりゃみんな慌てて止めてしまうよね』

それに本人も湖の冷たさや、思った以上に浅かった事、濡れた服の重さに驚いて、進むに進めなくなってしまった。

湖から這い出ようとしたものの、冷たい水を吸って重くなったコートに足を取られ、岸の近くで転んでしまった彼女は、寒さにパニックを起こしたらしい。

お陰ですぐに大騒ぎになって、みんな集まってきた。

「え……？　じゃあ？」

『うん。彼女はすぐに救助され、そして助けてくれた人達に励まされ、命を絶つことを思いとどまった』

幸いお腹の中の赤ちゃんも大事なく、助けてくれた釣り人の中に女性が数人いた事も幸いし、みんな親身になって相談に乗ってくれたんだそうだ。

『だって身よりもない、頼れる人もいないっていう若い子が、赤ん坊と死のうとしているんだから。なんとかしてあげようって思っちゃうよね』

「じゃあじゃあ、その女性は今でも……？」

『静香ちゃんなら元気にしているよ。今は札幌で美容系の仕事をしている筈じゃなかったかな。確か釣りの常連さんの中では、いまでも頻繁にやりとりのある人がいるし、去年みんなで集まったよ』

そう言って管理人さんは、僕のスマホに一枚の写真を送ってくれた。

そこには沢山の友人達に囲まれ、赤ちゃんを抱いて笑う、幸せそうな女性の姿があった。

拾

田嶋さんの『静御前』――正木静香さんは、翌日朝一番の特急カムイで旭川にやってきた。

小柄な女性だった。

中でも指が子供のように細くて華奢だ。

「あの……ど、どうも……」

ミュゲ社に用意した一室で、彼女は集まった僕らに、おずおずと頭を下げた。

奥さんと藤尾さんも同じように、少し緊張した面持ちで静香さんに会釈する。

「ふふ……おじさんに似てる」

その横で、藤尾さんの娘さんが、懐かしそうに言った。

静香さんの足下、オムツで膨らんだ可愛いお尻をこてん、と床に着いて座った男の子。

男の子が恥ずかしそうに、静香さんの後ろにちょっと顔を隠すと、その可愛らしい仕草に、途端に奥さんと藤尾さんが、わあ、と声を上げて笑った。

「お名前は？」

藤尾さんが問うた。

「あ……ユウです。『優しい』の方の」

「優君……」

「とってもいい名前ね……お鼻が雄大にそっくり」

田嶋さんを想い偲ばせる響きの名前に、二人の笑みが深まる。

静香さんが、挨拶をさせるように優君を抱き上げた。

彼を見て本当に嬉しそうに、懐かしそうに、そして寂しそうに、奥さんが目を細めた。

そんな二人の『妻』を前に、少し怯えた雰囲気だった静香さんが、覚悟を決めるように深呼吸をひとつした。

夕べ突然の僕からの連絡に、静香さんは最初こそ警戒と困惑を隠せない様子だったけれど、田嶋さんの死を伝えると、奥さんの田嶋あすみさんと、記憶喪失だった田嶋さんを支えた藤尾恭子さんの二人と、会って話したいと言った。

二人がどう思ったのかはわからない。けれど朝一番に旭川に来た静香さんに会いに、二人もこうやって集まってくれたのだった。

「あの……お二人が、『あすみちゃん』と『恭ちゃん』……ですよね？」

静香さんが、奥さんと、そして藤尾さんに確認するように言った。

「ええ。じゃあ、あの人から聞いているの？」

「はい……お二人のことは全部」

「全部……」

頷く静香さんを見て、奥さんと藤尾さんが顔を見合わせた。

「ここに来るの、遅くなってごめんなさい。私、あんまりニュースとか見てなくて……」

「いいの。それより全部って？　あの人、記憶は戻っていたの？　それとも、本当は最初から――」

奥さんがずい、と身を乗り出して問う。

その気迫に思わず身体を強ばらせた静香さんだったけれど、すぐに思い直したように顔を上げ、こくこくと頷いた。

「記憶喪失は本当だったんだと思います。でも全部思い出していた訳じゃなかったし、それに少しずつ忘れていってしまうって言ってました……もしかしたら何か病気だったのかも……」

それを聞いて、藤尾さんも頷いた。彼女も田嶋さんが記憶を失っていたのは、演技ではないと思っているからだろう。

そんな二人を見て、奥さんは静かに息を吐いた。

「……じゃあ記憶が戻っても、彼は自分の意志で、戻って来てくれなかったって事ね」

奥さんが口元を歪め、自嘲気味に呟いた。

それを見て、静香さんが慌てて首を振る。

「違います！　ちゃんと帰ったんですよ、雄大さん！」

「え？」

「だけど……その時には奥さんには別の男性がいたって……」

「あ……」

田嶋さんが、どのくらい記憶を取り戻していたかはわからない。

それでも彼は『プロレスラー・田嶋雄大』として、自宅へ戻ろうとした。

しかし彼は病身の子供と妻を親身に支える、親友の姿がある事に気がついたそうだ。

一人息子も、自分よりも親友と過ごした時間の方が長いのだろう。田嶋さんの目に、三人は既に一つの家族に見えたのだ。

「そんな……そんなの、それでも帰ってきてくれたら……ちゃんと待てなかった私を、私達を怒ってくれたって良かったのに！」

奥さんが顔を覆い、叫ぶように言った。

「無理に三人の前に現れて、その生活を壊すよりも……このまま自分がいなくなった方がいいんだと、そっちの方が奥さんはきっと幸せだって、雄大さんはそう思ったんです」

彼は、新しい生活をしている妻達に怒りは抱かなかった。

何も言わずにいなくなって、連絡一つよこさない自分を、二人が既に死んでいると思っても仕方ない事だ。

なにより親友になら妻子を任せてもいいと、そういう信頼もあったのかもしれない。

「病院に事情を話して、身元を明かさない形で子供のドナーになれないか調べてもらったけど、適合しなかったって……だから雄大さんは、けして家族を見捨てたりした訳じゃなかったんです」

実際彼は、村田さんの試合を応援し、奥さん達の事を見守っていたという。

離れていても、けして彼らを捨ててしまったわけじゃなかったのだ。

「……恭ちゃんさんの事も」

田嶋さんと断腸の思いで別れを決めた藤尾さんは、田嶋さんと、そしてその奥さんと子供のためにも、もう絶対、二度と会わない事を誓い合って、彼を送り出した。

「奥さんや自分の幸せのために、強い意志で離れてくれた人だから、そういう優しい人だから、絶対にまた幸せになれるって、自分よりずっと素敵な男性に愛されるだろうって、そう言ってました」

もう一度戻って幸せになる——という選択は、出来なかったのだろうかと、僕は内心思った。

でもきっと出来なかったんだ。

奥さんの傍に村田さんがいるからって、じゃあ自分も別の女性と……という不義理を、彼は犯すことが出来なかったんだろう。

それは奥さんに対しても藤尾さんに対しても、不誠実だって。

静香さんからそんな話を聞いて、奥さんと藤尾さんははらはらと涙を流し、立場は違えど、彼を同じように愛し、愛された者同士、いたわり合うように肩を寄せ合った。

「……私、雄大さんに出会った頃、本当に駄目な生活をしてたんです」

二人を見つめる両目に涙を溜めながら、静香さんがそっと囁くように言った。

それは自暴自棄で、自分も、それ以外の人も傷つけてしまうような、最低な毎日を送っていた頃だという。

「でも彼に会って、頑張ろうって思って。優しい雄大さんと、ちゃんとした生活をしようって思ったのに……突然、『幸せになってくれ』って言って出て行っちゃって」

静香さんは随分傷ついた。

知り合いに田嶋さん宛の遺書を残したのは、怒りや当てつけの思いからだった。

「やっと本当の理由を聞いて――彼らしいって納得しました。雄大さんは本当に私達が幸せになる事を、それだけを考えてくれていたんだと思います……悲しいけれど」

もっと狡(ずる)い人なら良かった。

もっとしたたかな人なら良かった。

「……全部ちゃんと話してくれたら、自分だけ我慢しないで、なにもかも話してくれたら良かったのに」

そうしたら、違う未来だってあった筈(はず)なのに――奥さんが言った。だけどその無骨さも、『彼』なのだ。

「田嶋さん」

不意に望春さんが、奥さんに声をかけた。

「……ああ、そうね」

望春さんの差し出したトレイには、あの指輪ケースが載っている。

奥さんはそれを恭しく手に取ると、そっと静香さんに差し出した。

「雄大の、遺品なの」

「え？」

「きっと……貴方(あなた)にじゃないかと思って。彼の残した和歌もあるわ」

『しづやしづ　しづのをだまき　くりかへし　むかしをいまに　なすよしもがな』

それは、自分のせいで亡くなってしまった静香さんを取り戻したい、もう一度元気な姿を見せて欲しいという、田嶋さんのまっすぐな願いだったのだろうか。

そっと指輪をケースから取り出し、静香さんが指にはめた。

左手の薬指に。

それはすっぽりと華奢な指に収まった。

静香さんの頬が、喜びに上気した。

それを見て、奥さんと藤尾さんが寂しげに微笑んで、頷いた——これでいいのだと。

静香さんがぎゅっと、心臓の上で拳を握りしめた。指輪を抱きしめるように。

その目から涙が伝った。

「……でも私、本当は指輪より、雄大さんにもう一度会いたい」

心の底から、絞り出すような静香さんの声を聞いた僕は、もう涙が止められなかった。

三人の女性達は身を寄せ合い、互いを慰め合うようにしながら、愛する人を想ってすすり泣いた。

終

サポ部のオフィスに戻って、ほったらかしだった勉強やらなにやらに取りかかってはみたものの、今日はまったく頭に入る気がしなかった。

心が涙ですっかり湿ってしまっているのだ。

だから一人きりなのをいい事に、僕は流れる涙を堪えもせずに泣くことにした。

我慢は身体に毒だって紫苑さんだって言っていたのだ。

悲しかった——でも、ほっとした。

やっと、あの指輪と和歌を、『遺族』に届けることが出来た。

ここから先は、もう僕の仕事じゃない——そもそも、今回は僕はやり過ぎだったように思う。

でも……それでも、あの悲しい姿で発見された田嶋さんに、少しでも何かしたかった。

今頃天国で、喜んでくれていたらいいなって、そう思わずにはいられない。

泣きながらそんな事をぼんやり考えていると、望春さんが戻ってきた。

「雨宮……」

すっかり涙でびしょびしょの僕を見て、望春さんが微笑んだ。頬の上、頬骨の鬼えくぼが可愛らしくて、僕も釣られてふ、と笑う。

「田嶋さんの奥さんがね、貴方によくお礼を言っておいて欲しいって」

「え？　僕に？　本当ですか？」

「ええ。お陰で胸のつかえが取れたそうよ」

そう教えてくれた望春さんの表情は、どこか誇らしげだ。

「そっか、良かった……」

『良かった』理由はいくつもあるけれど——でも何より、彼女のその表情が、一番嬉しい気がした。

「私も改めて指輪の不手際を謝罪して、お許しいただけたわ」

望春さんが胸を押さえて、ふーと安堵の息を吐く。

ああそれは……本当に良かった。

「……私の為にも、指輪の事に必死になってくれたんでしょう？」

「へへへ、バレました？」

だって望春さんは、仕事の上では僕の師匠で、日々その仕事ぶりには尊敬せざるをえない。そんな彼女が悩んでいる姿を、僕はどうしても見過ごせなかったのだ。

「ありがとう……青音」

そう言って望春さんが、僕をぎゅっと抱きしめた。

「い、いいえ……」

自分以外の体温に緊張した。

勿論親愛のハグだ。望春さんは時々、びっくりするくらいノー距離感で来る。

それにしても紫苑さんも望春さんも、いつもすごくいい匂いがするな……。

「だけど田嶋さんの足跡を辿って……やっぱり『優しい』だけじゃ駄目なんだなって思いました」

こういうハグは、終わり時に悩むので、僕はすぐにそう言って身体を離した。

田嶋さんは優しい人だった。

だからこそ、彼は様々な選択肢を選べずに、自分自身を不幸にしてしまったのだと思った。でも彼の気持ちはよくわかるのだ。

「僕もいつも、自分さえ我慢すればいいんだって思ってしまうから」

「そうね」

「だってそうすれば、悪い事は全部回避できるんだって思ってたんです」

そうだ。僕さえ我慢していたら。僕が耐えてさえいれば。

「本当はそれじゃあ駄目なんですね」

少なくとも――田嶋さんがただ優しいだけじゃなかったら、きっと別の未来があっただろうと思う。

逃れられない病魔に蝕(むしば)まれたとしても、あんな寂しい最期を迎えずに、家族に見守られて逝けたはずだ。

自分が我慢すればいい――それは善意の顔、優しさの顔をしてはいるけれど、話し合うこと、わかり合うことや、まわりの人達から大切な機会を奪う、一方的な決断でもある。

知らなかった。

この世には『優しさ』という、暴力だってあるんだ……。

「貴方が誰かを大切に思うように、相手だって貴方を大切に思っているの。貴方が傷つくことを、悲しむ人だっているんだから」

望春さんはそう言うと、もう一度ぎゅっと僕を抱きしめ、そして離れ際に、僕の頭を両手でくしゃくしゃと撫でた。

これはやっぱり悲しいお話だ。

どんなに涙が流れても、田嶋さんは帰ってはこない。

でも彼が望んでいたように、彼の愛した人達は、彼のいない世界で新しい生活に足を踏み出していた。

田嶋さんの奥さんは、紫苑さんの予想通り、既にもう家族になっている村田さんと、法律の上でも本当の家族になるんだろう。

藤尾さんは実家に戻った後、既に地元の男性と再婚をされているそうだ。

静香さんは今、朱鞠内で出会った人の一人と親密だそうだけれど、優君との生活と仕事が楽しくて、それどころではないらしい。

彼が自分の事より誰より幸せになって欲しいと願ったとおり、三人は平穏で愛に満ちた生活を送っている。

……これで良かったんだと、言うには悲しすぎるけれど。

帰宅後ほぼ直行した診察台で、僕は沢山泣いた。

ただ悲しいだけではない、苦さや、安堵、様々な感情の入り乱れた、複雑な涙だった。

紫苑さんだけは誰よりも嬉しそうに微笑んで、それを一滴も残さずに、丁寧にシリンジで吸い上げた。

第弐話　忠犬は泣かなかった

壱

旭楽寺（きょうらく）でのお葬式の帰り道、なんの予告もなく降り出した夕立の中で、僕はこのまま雨に溶けてしまいたいと思った。

大粒の雨が頰を、瞼（まぶた）を叩（たた）く。

最近、上手（うま）く行っていると思っていた。

自分がちゃんと前に進めているような。

勇気さんと業務連絡用のつもりで交わした連絡先も、意外と毎日他愛ない雑談を交わしたりしていて、交友関係も含め、仕事もそれなりに順調な気がする。

家でもだ。

村雨姉弟（きょうだい）との暮らしは適度な緊張感と、不思議な安心感がある。

そんな日常の中で、僕は忘れてしまっていた。

自分が泣き虫で、怖がりで、情けないほど弱いって事を。

『ええ？　どうして泣くの？』

久しぶりに聞いた言葉。

僕の涙を嗤い、否定する言葉。

旭川に来て忘れそうになっていた、泣くのは恥ずかしいという気持ち。

じっとりと僕の全身を濡らす雨に、いっそ押しつぶされてしまいたい。

この久しぶりに、僕を雨の中に誘い込む憂鬱は、数時間前の『再会』が原因だった。

旭楽寺は伯父さんの家から遠くなく、今は伯父さんと伯母さんのお骨が眠るお寺だ。

大きな桜の木が生えていて、境内の入り口に、可愛いお地蔵さまが六体並んでいる。

いつも可愛らしい手作りの前掛けをしているのが印象的で、『お地蔵さんのお寺』と呼び親しんでは、子供の頃によく境内で遊ばせて貰っていた。

罰当たりじゃないかって思うけれど、車が来なくて危なくないし、何よりご住職やお寺の人達がみんな優しかったのだ。

適度に人の目がある事も安心の一つなんだろう。

老朽化や事故防止の為に、一時は遊具がまるっと撤去されてしまった近くの公園が、再び子供が集まれるように整備されるまで、長らく近所の子ども達の良い遊び場の一つになっていた場所だった。

今は子ども達の遊び場ではなくなってしまったけれど、その代わりに週に一度、『お寺カフェ』がオープンするようになったらしい。

この開けた空気のお寺は、地元によく愛されている場所なのだ。

昔は僕も、ここが大好きだった。

そんな旭楽寺で行われたご葬儀は、弔問客こそ多くなかったものの、寂しさの中に温かい雰囲気があった。

亡くなった宮田さんは、来春に古希を迎える筈だったというおばあさんで、僕はあまり面識がなかったけれど、伯父さん夫婦とも親しくしていた人らしい。

「貴方の伯父さんの紹介で、一昨年私にご主人の遺品整理と、ご自身の生前整理の依頼をしてくださったの」

と、望春さんが言った。

伯母さんが亡くなった時は、まだご存命だった旦那さんと二人、伯父さんの事を随分気にかけてくれていたそうだ。

その後、旦那さんが突然倒れて帰らぬ人となり、宮田さん本人もここ一～二年は病と闘いながらも、静かな生活をしていた。

そんな女性の訃報に、僕も一応手だけ合わせてはどうかと、望春さんに言われて葬儀の席に赴いた。

なるほど、宮田さんと聞いて、誰のことなのかわからなかったけれど、遺影を見てふと、何度か見た事があるかもしれないと思った。

さすがにこのくらいの心と記憶の距離感では、遺影を見て泣いてしまうほどじゃなかった。

とはいえ、ありきたりな説法ではなくて、ちゃんと宮田さんと面識のあるお坊さんの、愛情深い言葉には、何度もうるっとなった。

だけど式自体は本当にアットホームというか、温かい空気感なのに、さっきこそっと裏で聞いた限りでは、ご遺族は真逆の雰囲気だそうだ。

道外で暮らす息子さんは、もう何年も宮田さんと会っていなかったらしい。奥さんも他人行儀で、正直さっさと終わらせて帰りたいというような空気だっていう。よそのお宅の事情に、容易に口を挟むべきじゃないのはわかっているし、外から見ただけじゃわからない事も沢山ある。

だけど遺族に悼んで貰えない式というのは、少し悲しい。

どんなに願ったってもう二度と、話す事も出来ないのに……。

ここには、伯父さんと伯母さんも眠っているのだ。そう思うと悲しくて、僕は両目から涙が溢れてくるのを感じた。

来た時は青空だったのが、どんよりした気分で本堂から出てみると、灰色で重そうな雲が広がって空まで暗い。

雨が降りそうだ。くせ毛が湿度でくるくるしだす。

望春さんは葬儀部の手伝いをしているので、僕は先にミュゲ社に帰る為に、境内へ歩き出した。

その時だった。

「青君！」

背後から呼び止められた。

若い女性の声だ、聞いたことがあるような気がする――と、思って振り返ると、そこには高校の制服姿の女の子が立っていた。

両サイドで結われた髪と、猫みたいにぱっちりしたつり目。

ちょっとぽってりとした唇が印象的な、整った顔立ちの少女。

「あ……」

「わあ、やっぱり青君だ！　すごい久しぶり！　ねえ覚えてる⁉」

女の子が結い髪を揺らし、嬉しそうに笑って駆け寄ってきた。

僕はごくん、と息をのんだ。

「お……覚えてるよ、小雛さん……地主さんのところの、一番下の」

「そうそう！　小雛菊香！　すごい！　幼稚園ぶり！」

「僕はもう、小学生だったけど……」

まっすぐ僕の目を見つめてくる、猫の目。

あの頃と変わっていない瞳に、僕は戦いた。

「私は年長さんだったもん。うわ、何年ぶりだろ、全然来なくなっちゃったもんね。まぁ今は一番上の兄も札幌の大学通ってるし、そもそも私ももう何年も兄となんて遊んでないから、来てくれたところで一緒に遊んでなかっただろうけど、でも――」

相変わらず話しだしたら、怒濤のように畳みかけてくる子だ。

「あの……今日は仕事を抜け出してきているから、もう会社に戻らないと」

彼女と話はしたくない。だから僕はやんわりと拒否を告げた。仕事が終わっていないのも本当の事だ。

「仕事？　進学じゃなくて就職したの？」

「ええと、正確には大学を休学して、社会勉強のために働いてる」

「休学して？　なんの仕事？　バイト？」

「……葬儀屋さん。今日の式もそこの会社がやってる」

「ああ、すずらんさん。お祖母ちゃんのお葬式もやってもらったよ――でもなんで葬儀屋さん？　どして休学？　てか大学どこ？」

「……京大。伯父さんも亡くなったし、ちょっと色々あって……とにかく、学業以外の勉強をしてるとこなんだ――だから、もういい？」

「京大！　すごい！　青君めちゃ勉強出来るお子さんなんじゃん！」

「いや、だから……」

そうだ、改めて思い出した。彼女はいつも自分のペースを押しつけてくる。いや、飲み込まれてしまうんだ。

「そうだ……青君の伯父さんの事も聞いた……大変だったよね。伯母さんが元気だった頃、私もよく――」

「だから！　仕事があるんだってば！」

一向に話し終わらなそうな菊香ちゃんを前に、とうとう僕の忍耐がはじけ飛び、つい荒い声が出た。

伯父さんと伯母さんを思い出したから、余計に心が震えてしまったのだ。

菊香ちゃんが大きな目をさらに大きく見開く。

青みがかった黒い目だ。

そこに感情的な表情の僕が映ってた。

「あ……ごめんね、久しぶりだったからつい……」

「………」

返事が出来なかった。

昂ぶった心が、僕の涙の扉を開くから。

それで応える代わりに、彼女に背を向けて歩き出した――お願いだから、僕に構わないで。

「待って！　ねえ！」

だのに、菊香ちゃんが僕の腕を掴み、しがみつくようにして、強引に引き留める。

「あ……」

そうして、僕の目を見た彼女が、びっくりしたように眉を顰めた。

ああ、そうだ。

この顔だ。

あの時と同じ。

「……ええ？　どうして泣くの？」

怪訝そうな表情。

瞳の中に、戸惑い——いや、嗤いを感じる。

あの時と同じだ。

同じなんだ。

僕は彼女の手を振り払い、呼び止める声を無視して歩き始めた。

空だけは優しい。

丁度降り出した雨が、あふれ出す涙を隠してくれて、僕はそのまま煙る街の影に沈んだ。

弐

「やだ！　びしょ濡れじゃない！」

サポ部のオフィスに戻ると、すっかり雨でびしょびしょの僕に、佐怒賀さんと勇気さん、愛さんが慌てた。

「青、着替えは？　あーもう、予報では今日終日晴れマークだったのにね」

愛さんが窓越しに空を見上げる。雨は幾分小ぶりになって、遠く山の方に青空が覗き始めていた。

「あ……そうか着替え、望春さんの車の中なんですよね」

そういえば、喪服に着替えた後、うっかり忘れてそのままだ。

「俺の服貸そうか？　お前、Mサイズ？」

タオルを持ってきてくれた勇気さんが、僕の頭をぐしゃぐしゃと拭いてくれながら言った。

「あ……Sです」

「S⁉」

いや、我ながらほそいとは思うけど、そんな驚かなくても……。

「勇気さんは……M……でもない気がする」

「Lだなあ」

　僕より身長が高く、肩幅もある勇気さんだ。そりゃMでも小さいだろう。

「勇気はパイオツとシリがデカいからね」

「胸筋と大臀筋って言えよ……まぁ、Tシャツとショートパンツならいけんじゃね？」

　愛さんが笑うと、勇気さんはさも嫌そうに姉に言ってから、自分のロッカーの中の着替えを手渡してくれた。

　ありがたく着させて貰ったけれど……なんだろう、うん……子供がお父さんの服を着たような、明らかにブカブカな感じになってしまった。

「うーん、私のシャツの方がいいかしら？」

　佐怒賀さんが、苦笑いで言った。

「彼氏の家に泊まりに来た子みたいで、そのまんまでも可愛いけどね？　あはは。葬儀部の連中に言って借りてこようか？」

　愛さんはけらけらと笑うのを隠そうともしない……僕もやっぱり、筋トレとかした方がいいだろうか……。

「いいえ、とりあえず望春さんが戻ってくるまでの間なので、もうこれで……」

　葬儀部の人達に迷惑をかけてまで、着替えなくてもいいだろう。なんだかどっと疲れて、僕は自分の机に向かった、

「寒くない？　あったかいお茶淹れてあげるわ」

「いや、大丈夫です。ほんともうお気になさらずに……」

佐怒賀さんが心配そうに言ってくれた。でも、ただ雨に濡れただけだし、そこまで世話を焼いて貰うほどのことでもないし。

本当の事を言えば、今はただ疲労感の方が濃くて、他人と話したい気分じゃなかった。

「ほっといて欲しいヤツ?」

そんな僕を見て、勇気さんが唐突に言った。

「え?」

「亡くなったのは、青音の伯父さんの友達だったんだろ? 今は話しかけて欲しくないならそうする」

「……あ、えっと……そう、かも……です」

突然の質問に一瞬返答に困ったけれど、彼は怒ってるような感じでもなかったので、控えめに頷く。

正確には——僕の憂鬱は、それとは別の原因だったけど。

「わかった。じゃあまあ、青音は仕事するフリでもしとけよ」

だけどそれを聞いて、愛さんも佐怒賀さんも全部わかってくれたみたいに、一気に事務所内のざわざわした雰囲気が静まった。

ここの人達は、そういう……他人の機微のようなものに対して、とても理解ある距離感を取ってくれる気がする。

それはみんな大人だからなのか、それとも人の悲しみに向き合う職場だからだろうか。

「……でも、やっぱり風邪をひかれたら困るから。お茶だけは淹れるわね」

「すみません……」

そう言って佐怒賀さんが、あったかいミントほうじ茶を淹れてくれた。

あったかくて、香りが良くて、そしてすーっと胸のなかの波が引いていくような、そんな優しいお茶だ。

はぁ……と、胸が空っぽになるまで吐き出した溜息(ためいき)が、白い湯気になる。

それがふと、あの冬の日を思い出させた。

小一の冬休みを。

それは僕が旭川から離れ、お祖父(じい)ちゃんの認知症が判明する、その直前の事だ。


あの森で怖い思いをして以来、僕はすっかり旭川が怖くなって、伯父さんの家を避けるようになっていた。

だけど夏休み以降、なんだかんだ理由をつけて行かなかった僕は、冬休みの誘いまでは上手(うま)く断ることが出来なかった。

一人で出かけるのも怖かったし、かといって伯父さん達にいつもべったりという訳にもいかない。

そんな冬休みのさなか、僕がよく遊んでいたのは、近くに住む小雛兄妹(きょうだい)という、三人の子ども達だ。

一番上のお兄ちゃんは僕より二つ上、真ん中が同い年の男子、そして末っ子は、僕より一つ年下の女の子。

小雛家と伯父さんの家の、丁度中間あたりにある旭楽寺の境内は、きまって僕らの遊び場で、たまに雪かきを手伝わされはしたものの、住職が作ってくれた小さな雪山を滑り台にしたりして遊んだ。

時々甘さと塩味が絶妙な、あったかーいお汁粉を振る舞ってもらうのも嬉(うれ)しかった。

とはいえ、兄妹の乱暴さには、僕は随分悩まされていたと思う。

上の男の子二人は、とにかく活発で暴れん坊だった。

そしてそれ以上に怖かったのは、一番年下の菊香ちゃんだ。

ちっちゃいのに一番口が達者で、しゃべり出したら機関銃みたいに止らなくて、僕は結局いつも三人の勢いに気圧(けお)され気味だった。

とはいえ、そんな三人が一緒だったからこそ、あの悪魔から身を守れるような、そんな気がしていたのだった。

その日は朝から晴れていて、気温が高かった。

冬の旭川は寒い。

なので札幌みたいに、雪がべちゃっと湿っていない。

そのサラサラな雪は、スキーには最高だけれど、雪だるまやかまくら、雪玉を作ったりするのには向かないのだ。

だから珍しく雪が柔らかい事に僕らは随分喜んで、お寺の境内に、いくつも雪だるまをこしらえた。

お地蔵さんに沢山友達を作ってあげたような、そんないい気分だったんだ。

だけどそのうち、雪だるまに飽きた小雛の上の二人が、突然雪合戦を始めてしまった。

雪玉を容赦なく雪だるまにぶつけるだけでなく、彼らはお地蔵さんにまで、雪玉をぶつけ始めたのだ。

だめだよ！　やめなよ！――そう言って僕は一生懸命二人を止めようとしたけれど、二人は止めるどころか、面白がってぼんぼん雪玉を投げつけた。

僕は泣きだした。

そうしてそんな僕らを、ちょっと冷めた目で眺めていた菊香ちゃんが言ったのだ。

『なんで？　へんなの！　どうしてなくの？』

今日みたいに、ぱっちりと大きな目で、嗤うように僕を見て。

小さな女の子に、そんな風に言われた僕は恥ずかしくて、悔しくて、我慢出来なくて、その場から逃げ出した。

逃げ出して、『友達』から『他人』になったのだ。

旭川にいれば、確かにまた会うことだって考えられたけど、彼女は僕なんて忘れていると思ってた。

なのに、覚えているなんて。

「…………」

思い出と共に、次々こみ上げてくる涙を手の甲で拭う。

目を擦ると、腫れてしまうので嫌だけど、今日はまわりに勇気さん達がいる。

恥ずかしいと言うより、心配させたくないからだ。

いつまでも落ち込んでいるわけにもいかないのだ。

幸い、今の僕の生活圏は、彼女の家から離れている。

もうこの先、彼女に会うこともないだろう。

昏い思い出に浸っている間に適温になったミントほうじ茶を、ぐいっと一気に飲み干す。あたたかさを、ミントの冷たさが追いかけてきた。

その時だった。

「んんっ」

スマホが鳴った。

望春さんからの着信だ。急いで出る。

『雨宮？　もうミュゲに戻ってる？　ちょっと……厄介な事になっているの』

「厄介なこと、ですか？」

『ええ……それがね、宮田さん、北海道犬を飼っていたの。でもご遺族がきちんと引き取らないまま、逃がしてしまったらしいの』

「え？　北海道犬って、あの……クマ猟でも活躍するっていう犬ですよね」

ＣＭに起用されて、可愛いイメージのある犬種ではあるけれど、実際は勇敢で飼い主に忠実な反面、和犬特有の強い警戒心を持ち、あまり人なつっこい性格ではなかったはずだ。

『ええ、だからもし万が一、何か事故でも起きたら大変だわ』

何かあったら、人間も、そしてその逃げたわんちゃんも、不幸な事になるかもしれない。

それは本当に大変だ、急いで捜さなきゃ。

僕は電話を切り、再び望春さんの待つ、旭楽寺へととんぼ返りした。

参

雨も降っているし、今日は依頼の入っていない勇気さんも、事情を聞いて同行してくれた。

確かに雨の中このブカブカな服を着て、お寺に戻るのは躊躇われる。

勇気さんの車で向かい、望春さんの車から着替えを取って、僕はやっと人心地が付いた。

別に借りた服が嫌だった訳じゃないし、勿論感謝をしているけれど、単純に自分の肌に馴染んでいない香りと繊維の感触は、じんわりストレスを感じるのだ。

告別式はもう終わっていた。

道外に暮らしていたり、高齢だったりする事もあって、親類は全く来ていないらしい。

お通夜に来てくれたのも、宮田さんのご友人ばっかりだ。

菊香ちゃんももう帰ったようで安心した。

「ご遺族も泊まらずに、もうホテルなの」

望春さんが少し寂しげに言った。

ご遺族は、故人と最後の夜を、一緒に過ごしたいような関係性ではないのだ。

今は線香も、ぐるぐると巻いた長いタイプがあって、無理に夜通し起きて番をする必要もない。

犬を逃がしてしまったのも、そういう状況からなんだろうか……。

「勇気もわざわざ来てくれてごめんね」

「生きてる犬なんだろ？　できることなら見つけてやりたい」

ぶっきらぼうながらも、勇気さんが優しく応えた。

奇妙な言い方だと思って彼を見ると、勇気さんは少し遠くを見るように目を細めた。

「ご遺体はさ、発見後すぐに運び出されるけど、ペットっていうのはそのままなんだ。俺が普段見るのは、飼い主のご遺体の跡の横で、寄り添うように死んでいるペットばっかりだから」

「ああ……」

「あとは飼育崩壊現場ね」

と、望春さんも続けた。

特殊清掃が必要な邸宅は、動物が適切な形で飼育されずに、更に大量に繁殖してしまっているケースも多いんだそうだ。

病気だったり、怪我をしていたり、自分たちが目にするのは、可哀相な状況の動物たちが多いと、望春さんは寂しげに言った。

「宮田さんは、そういう事も考えて、私にご主人の遺品整理と、ご自身の生前整理を依頼してくださったの。息子さんとはご自身が亡くなられた後、飼い犬のレイちゃんを引き取ることを条件に、生前から贈与を進めていたはずなのに」

「生前から……」

年間百十万円が非課税となる「暦年贈与」の制度を利用し、少しずつ遺産を移していたらしい。

「ええ。それなのに『転勤族なので犬は飼えない、元々保健所に任せる予定だったが、葬儀のバタバタで逃げていなくなってしまった』……ですって」

「……………」

それを聞いて、思わず僕の眉間に皺が寄った。

「まあ……よくある話だ。故人には文句の言いようもない」

勇気さんがドライに言った。

望春さんも溜息と共に頷いた。

「とにかく、捜さなきゃ。元々保護犬だったそうよ。保護される前はあまりいい環境で飼育をされていなかったみたいで、人見知りが激しいって聞いているわ」

「そんな犬を逃がすなんて」

「……そうね。でもご遺族にしてみれば、急に懐いていない犬を押しつけられた、という事でもあるの。貴方の納得いかない気持ちもわかるけれど、ご遺族の状況にも配慮しましょう。故人にとっては大切な『遺すもの』であっても、ご遺族にとって優先すべきは『今後の生活』なのよ」

だから安易に遺族を批難してはいけないと、望春さんが諭すように言った。

「……はい」

「まあ、だからって無責任に逃がしていい理由にはならないけどな」

渋々頷く僕の横で、勇気さんがボソッと呟く。

「まあね……うっかり、とは言っていらしたけれど、そもそも捜す気もないようだし」

望春さんがまた溜息を洩らした。

内心納得が出来ないのは、二人も同じっていう事か……。

「それでね、宮田さんの事を気にかけていた地主の小雛さんの話では、レイ……どうやら夕べ、宮田さんの家に帰ってきていたみたいなの」

小雛さん――菊香ちゃんの家のことだ。

「小雛さんも愛犬家でね、宮田さんが可愛がっていた犬が処分されてしまうのも可哀相だし、人見知りの激しい猟犬が市内を彷徨うのは危険だから、どうにかして捕獲しましょうって」

けして凶暴な子ではなかった筈だけれど、人間の方から先に危害を加える可能性だってある――そう、地主さんは言っていたそうだ。

そもそも逃げて興奮して、怖がっていたり、飢えたり、車の事故に遭ったりすることだって考えられるのだ。

「だから今日……ほら、さっき一番下のお嬢さんも葬儀に来ていたでしょう？　これから彼女もレイの捜索に協力してくれるそうよ」

「え……？」

望春さんが何気なく言った言葉に、思わず僕は凍り付いた。

「だからひとまず、宮田さんの家に行きましょう。周辺に話を聞いたり、また雨が降る前に手分けして捜したりしなくちゃ」

「……わかりました」

そう言われて、「嫌です」とは言えなくて、僕は仕方なく頷いた。

正直彼女とは、二度と会いたくなかったけれど。

そんな僕の想いは届かずに、無情にも宮田さんの家の玄関前で、菊香ちゃんは待っていた。

昼に会った時は制服姿だったが、今はデニムのショートパンツに、Tシャツ、腰にパーカーを巻いた、如何にも涼しげで動きやすそうな服装だった。

確かに雨が止んでから、ずっと湿度が高く蒸し蒸ししている。

僕の髪もクルクルになりっぱなしだ。

車から降りて、どうしていいかわからずに、とりあえず会釈すると、彼女はまず僕ではなく、望春さんと勇気さんに頭を下げた。

「小雛です。両親の代理で来ました。懐いてくれてる程ではないけれど、私はレイとは交流があります。扱い方もわかると思うので、少しは力になれると思います」

礼儀正しくハキハキと菊香ちゃんが二人に挨拶した。いかにも聡明な雰囲気だ。彼女は昔から、年齢よりしっかりして、大人びていた。

「すずらんエンディングサポートの村雨です。宜しくお願いします。移動中に警察と保健所、動物愛護センターに確認しましたが、それらしい犬はいないみたいです。おそらくまだ逃げた状態です」

望春さんが苦々しく応えると、菊香ちゃんは「家から持ってきたので、使ってください」と、下げていたトートバッグから、犬を繋ぐ散歩用のリードと、犬用のお菓子なんかを、望春さんに手渡した。

「私もSNSを調べてみたんですけど、それらしい犬を保護したとか、ノーリードで歩いてたとか、それっぽい書き込みは見当たらなかったので、どこかに隠れているんだと思います」

そこまで言うと、彼女はバッグから、もう一本リードを出して見せた。

「一応二本持ってきたので、二手に分かれたらどうでしょうか？　私、青君と捜しますから」

「ええ……」

思わず、不満がダダ漏れの声が出てしまった。

望春さんと勇気さんが、怪訝そうに僕を見る。

「青君とは子供の頃よく一緒に遊んだんです。でも彼はもう随分ここには来ていなかったし、父から村雨さんは、数年前までこの辺に住んでいらっしゃったって聞きました。だから土地勘のある人間は分かれた方がいいと思います」

「そうね……確かにそれがいいわね」

望春さんたちが頷いた。僕は何も言えなかった。

だって悔しいけれど、彼女の言うとおりだろう。僕と菊香ちゃん、望春さんと勇気さんでペアになって動く方がいい。

少なくとも、見知らぬ年上の男性である勇気さんと組むよりも、知っている僕と組む方が、菊香ちゃんも気安いのはわかった――僕は嫌だったけど。

そんな事よりも、レイちゃんを捜さなきゃいけないのもわかっている。

仕方なく、僕は望春さん達と別れて、宮田さんの家を起点に、向かって左側の家の方から捜していくことにした。

人間は逃げるとき、左側に向かって逃げるって聞いたことがあるけれど、犬の場合はどうなんだろうか……。

「ここのね、お隣の佐藤さんが、うちの親にレイが帰ってきてるかも？　って連絡をくれたの。今は仕事で誰も居ない時間の筈だから、先に他のお宅で聞いてみよ！」

こんな状況なのに、なんだか菊香ちゃんは嬉しそうに、声を弾ませていった。

「どこかのお宅で、飼われるといいんだけど。うちで昔飼ってたハスキーが逃げちゃった時、二ヶ月くらいよそのお宅でフツーに飼われてたんだよね」

「…………」

日中、わりと険悪なムードで別れた気がしていたけど、彼女はまったく気にしていないんだろうか？

無神経なのか、無神経なフリなのか――僕は思わず溜息を洩らした。

「……菊香ちゃんは――」

「菊香でいいよ」

「……じゃあ、菊香はその犬……レイの事をよく知ってるんだ？」

「うん。おばあちゃんが具合悪い時とか、うちの子達の散歩のついでに一緒に連れて行ったし。喧嘩もしないし、機嫌のいい時はちょっと撫でさせてくれたけど、気難しい子だったと思う。でも宮田のおばあちゃんの事、ちゃーんと気遣って歩いてる、賢い子だったよ」

そう答えてから、彼女はちょっと小首を傾げて見せた。

「青君は？」

「うん？　僕が何？」

「私も青君の事『青音』って呼んでいい？」

「え？」

いいや、そんなに親しいわけじゃないし、僕は年上だし――と、一瞬色々な言葉が頭を過ったけれど、駄目という程の理由ではないのかもしれない。

「……ああ、うん。まあ、いいけど別に」

ウェルカム！　ではないにせよ、まあ僕の事なんて好きに呼べばいい。

「やったあ」

菊香が笑った。何が『やったあ』なのかは、さっぱりわかんないけれど。

「じゃあとりあえず、近くのお宅に話を聞きに行こう」

「ん！」

やっぱり、菊香はなんだか楽しそうだ。僕は今すぐ帰りたいのに。

そもそも犬の居場所なんて、皆目見当も付かないし。

「菊香の家は、犬、飼ってるんだっけ？」

「うち？　いるよ！　今は黒ラブとドゥードルが一匹ずつね」

そう言ってリードを見せてくれた。自分の家で使っているものらしい。

「ドゥードル？」

「ん、ゴールデンドゥードル。スタンダードプードルとゴールデンレトリバーのＭＩＸ。コマンドが入りやすくて、毛が抜けにくいから、最高の犬種って言われてるけど、うちの子は超絶暴れん坊で、ワガママで、めっちゃわるい子。でも可愛いの極み。青音は？」

そう言って彼女はいそいそとスマホを取り出し、自分の愛犬を見せてくれた。

黒い如何にも賢そうな大型犬と、その横でくるくるした毛が羊みたいな、更に大きな犬が映っている。どっちもすごく可愛い。

「うちは……父が動物嫌いなんだ。でも犬は好きな方だと思う」

「そうなんだ？　じゃあ今度うちに遊びにおいでよ」

犬は好きだ。ずっと飼いたかったと言うと、彼女はにーっと笑って言った。

彼女の、このくるくると変わる表情に、僕は高校時代、クラスの女子が苦手だったことを不意に思い出した。

「……犬ってどういう所に逃げるもの？」

「わかんないけど、いつもの散歩コースとか？……うーん」

菊香がちょっと思案するように唸(うな)った。

「レイはまだ若くて体力もあるし、その気になれば一日五㎞とか移動出来ちゃうと思う」

「え？　五㎞も？」

「うん。北海道犬って中型犬で、元々スタミナもあるし、運動量の多い犬種だから。毎日一時間とか散歩が必要な子だし」

それはなかなかの距離だ。

「だから、レイが居なくなったのは二日前って聞いて、もしかしたら半径十㎞とか捜索する必要があるかもしれないって思った。でも昨日の夜にここに戻って来たなら、やっぱり近くに居るのかも」

「そっか……」

特にこの辺は古い住宅街なので、空き家や使っていない物置など、その気になればレイが潜めるような場所は沢山あると、菊香は言った。

近隣住民に話を聞くと、確かに昨日の夕方、レイと思(おぼ)しき白い犬を見かけた人が数人いた。

けれど保護しようにも、近づくと警戒して逃げてしまったそうだ。

今は同じように空き家の、伯父さんの家にも行ってみた。

でも残念ながら、ここにもレイの姿はなかった。

「綺麗に片付けたんだね」

すっかり片付いた庭を見て、不意に菊香が呟いた。

「ああ……うん。一応今は僕が相続したし」

「そうなんだ？　良かった。少しずつ家のまわりが汚れていくの、見るのは悲しかったから……」

「そっか……」

小さく菊香が安堵の息を吐いた。

伯母さんが亡くなった後、変わっていく伯父さんの家を、伯父さんを、菊香は外側から見ていたのだ。

それが正しい事じゃないと思っても、寂しさや悲しみから生まれた『汚れ』を、なかなかまわりは責めたりはできない。

もどかしさ、無力感——そういうものを感じさせる溜息だった。

「あ……じゃあ青音はここに住むの？」

はっと思いついたように、菊香が僕に問うた。

「うーん……お隣との事もあるし。まわりはみんな、ここは手放しなさいって」

ここには汚れを払っても消しきれない、まわりとの確執がある。

それを家と共に、僕が背負ってしまうことを、両親達は心配してくれているのだ。

「確かに――でも、寂しいね」

それに……住むとしても僕はずっと旭川にいる訳じゃない。二年後には一度京都に戻らなければいけないし。

そうして大学を出た後、僕は何処に行くのだろう……。

気がつくと僕はぼんやりと伯父さんの家の屋根を眺めていた――記憶の中よりもくすんだ色の。

「こ、ここじゃないね。やっぱりもっと遠くなのかな？」

心配そうに僕を見つめる菊香に気がついて、慌てて僕は伯父さんの家から背を向けていった。

「ああ……うん。ちょっと距離はあるけど、河川敷の自然の多いところに隠れてるのかも……レイ、ご飯食べられてるかな」

菊香がぽつんと言った。

長いまつげと、ぽてっとした唇が印象的な横顔だ。

その表情は本気でレイを心配しているようで、あのちょっと意地悪な菊香らしくないような気がした。

でも人間には意地悪でも、動物には優しいって人はいるものだ。

それに僕の視線に気がついて、ぷいっと不機嫌そうに横を向いてしまったから、やっぱり菊香は意地悪菊香だ。こんなに顔は可愛いのに。

僕は思わず溜息をついた。

空は僕の気持ちを映すように灰色で、じっとりと嫌な湿気が張り付くように重かった。

肆

そうこうしているうちに、時間は夕方五時を過ぎてしまった。

日の長い時季なので暗くはないけれど、高校生を連れ回していい時間じゃない。僕らは一度、宮田さんの家に戻った。

すると先に戻って来ていた望春さん達と一緒に、見覚えのない人達が立っていた。

「丁度良かったわ。こちら保護犬センターの岸さん」

「こんにちは」

望春さんに紹介された岸さんが、僕らに軽く挨拶をしてくれた。

「あ、どうも……」

「宜しくお願いします」

おずおず頭を下げた僕の横で、菊香がきっちりと礼儀正しくお辞儀したので、慌てて僕もそれに倣った。

特掃の勇気さんは、何度か一緒に仕事をした事があると教えてくれた。

勇気さんと愛さんは、所謂『事故物件』の対応の他に、飼育崩壊などの現場にかり出されることもある。

「今日はここに餌を設置して、また戻ってこないか待ってみましょう」

と岸さんが言った。

「賢くて警戒心が強い子なので、夜、人目につかない時間だけ出てくるかもしれません」

確かに、目撃情報も夕方以降に絞られている。

「じゃあ僕、夜の間見張ってましょうか？」

少なくとも、明日は遺品整理の依頼は入っていない。ミュゲ社でも役割の少ないアルバイトの僕が、見張りをする方が仕事への影響も少ないだろう。

「大丈夫？」

「普段からゲームしたり、本読んだりしてるうちに夜が明けちゃうとか、ままありますから大丈夫ですよ」

心配そうな望春さんだったけれど、とりあえず起きている事は難しくない。

レイの姿を見つけたら、すぐに連絡をして駆けつけてもらう事にして、今夜は僕が一人で夜番を務める事になった。

事情を話すと、宮田さんの家の向かいのお宅が、庭にテントを張らせてくれたばかりか、トイレ等も貸してくれるという。

「酷いわね、自分で逃がしておいて知らんぷりだなんて」

そう怒っているのは、向かいのお宅の奥さんで、宮田さんの息子さんとも面識はあったけど、あまりいい印象はなかったらしい。

「とはいえ……宮田さん、亡くなったご主人とは再婚でね。前の旦那さんと離婚した時、息子さんの親権はあちらの方に渡してしまったそうだから、親子の情も薄いのかもね」

特に子供の親権は、女性側が取るのが一般的だ。

そうではない状況だという事は、色々事情があったんじゃないかなと、奥さんは言葉を濁した。

そうやって一つずつ紐解けば、息子さんの態度も理解出来なくはない。だけど犬にだって罪はないのだ。

僕は張らせて貰ったテントの中から、明かりの消えた宮田さんの家の玄関を見守った。

用意した餌と水を飲みに、レイが姿を現すのを祈りながら。

仕事帰りに望春さんと勇気さんも顔を出してくれると言うけれど、なんだか久しぶりに『一人』って感じの時間が、逆に心地よかった。

今日の事で、神経がピリピリしているせいかもしれない。

残念ながら、今夜は星が見えそうにない。でも今日は別にキャンプに来てる訳じゃない。とはいえ、もう少し明るい夜の方が、レイを見分けやすいと思う。

肝心な姿が見えないと困るので、持ってきていたＬＥＤランタンの光量を絞って、宮田家の玄関の端っこに置いた。

代わりに持ってきたオイルランタンを、シュコシュコとポンピングして灯していると、菊香がやってきた。

「これ、お母さんが持っていけって」

「え？　あ、ありがとう……」

そう言って彼女が差し出してくれたのは、小さなお弁当とフルーツ、炭酸水の入ったバスケットだった。

食べ物はちゃんと準備してはいたけれど、気を遣ってくれているんだろう。断るのも……と、受け取る事にした。

「ごめんね、私も付き合えれば良かったんだけど」

「……そもそも、菊香はそこまで付き合ってくれなくてもいいと思うけど」

「そうかな、だってレイが可哀相じゃない？」

「そうだけど、菊香はまだ子供なんだし」

「子供って、青音と一歳しかかわんないよ？　それにレイも可哀相だけど、このままじゃ宮田のおばあちゃん、安心して天国に行けない気がしちゃって……」

僕が折りたたみテーブルの上でランタンに火を灯すのを、しゃがみ込んで覗きながら、菊香が寂しそうに言った。

少し驚いた。

だけど、そうか。僕と違って菊香はちゃんと宮田さんと面識があるんだ。そんな風に感傷的になるのも仕方ないか。

「でも……見つかったとしても、息子さんは保健所で処分して貰うって言ってるし、どうなることか……」

もしかしたらこのまま逃げて、逃げて——山の中で暮らしたりする方が、レイの為になるかもしれない。

「それでも、でしょ。なんとかしてあげられるかもしれないし、逃げたまんまなんて、いいことないよ。人間だってわんこだって、ちゃんと居ていいよって場所がなくちゃ」

菊香が少し強い口調で言った。現在進行形で逃げている僕は——心がズキン、と痛んだ。

「…………」

結局僕らはそれ以上言葉が見つからなくて、しばらくの間、ただランタンの揺れるオレンジの光を眺めていた。

「……おっと」

その時、仕事を終えた勇気さんが、テイクアウトの焼き鳥を手にやってきて、菊香の存在に驚いたようだった。

「え？　俺、もしかして邪魔？」

「そんな事ないですよ。彼女ももうすぐ帰るだろうし」

むしろこれ以上長居されても困る。

菊香も「大丈夫です、帰ります」と立ち上がって、腰に巻いていたパーカーを羽織った。

「じゃあ俺送って――いや、俺代わりに見てるから送ってやれよ。もう遅いし」

「え？……あ、はい」

なんで僕が？　と、喉元（のどもと）まで出かかったけれど、確かにこの時間に、一人で歩かせるのは心配だ。性格はともかく、菊香は見た目は特に可愛い女の子だ。

「いいよ、悪いよ」

「でもなんかあったらご両親に申し訳ないし、それこそ宮田さんが天国で心配する」

菊香は「近いし一人で平気だよ」と言ったけれど、伯父（おじ）さんだって望春さんを夜、一人で近くのマンションまで帰らせなかった。

とはいえ菊香の家までは、本当に歩いて五～六分の距離で、特に会話もなく無事に家まで送り届け、僕はテントまで戻って来た。

あらかじめ望春さんがカツサンドを買ってくれていた所に、小雛家と、そして勇気さんからの差し入れだ。食べ物で一杯になってしまった。

「貰ったけど食べきれないんで、少しどうですか？」

そう言ってバスケットを探ると、お弁当の他に、いかにも手作りっぽいお菓子が入っていた。

上にドライフルーツやナッツがたっぷりと飾られた、見た目も豪華なブラウニーだ。

「僕あんまりドライフルーツ好きじゃないんですよね」

食べます？　と勇気さんに差し出す。

「……俺も人のこと言える方じゃないけど、お前も大概だな」

「へ？」

「いや、いいからそれはお前が食べた方がいいと思う。そして明日、あの子に美味しかったって言っておけ。な？」

「はあ……？」

なんだかわからないまま、「いいな？」と、勇気さんに強く念を押され、僕はブラウニーを引っ込めた。

「それにしても――しっかりしたお嬢さんだな」

「昔からあんな感じですよ。確か結構ご両親が厳しかったはずだし」

「へえ……」

結局勇気さんは、持ってきた焼き鳥をほとんど自分で食べて、家に帰っていった。

そうやって一人になると、今度は急になんだか寂しくなった。

とはいえ、時計を見るともう夜八時を過ぎている。余所様の庭先で、誰かと話すような時間じゃない。

「…………」

なんだか変な気持ちだった。

なんというか……夜、紫苑さんの『診察』がないと、なんだかすっきりしないというか、落ち着かないような。

寝る前に、歯磨きを忘れているような、そういう居心地の悪さを感じる。

ああ、今頃紫苑さんはどうしているだろう……なんて考えて、ふと我に返った。

いやいや、あの奇妙な診察を受けないで済むんだから、今日はいい日だろう。落ち着かないなんて変じゃないか。

でも過去を連れてやってきた菊香に、僕は随分心を揺すぶられていた。

このモヤモヤした気持ちを、出来れば今日の内に全部吐き出したかったのだ。

電話をしようか？　メールを送ろうか……スマホを握って小一時間悩んだ。けれど僕は結局送らなかった。

だってスマホ越しでは、涙は届かない。

涙を捧げられない僕の相談に、彼が何処まで耳を傾けてくれるかわからない。

そんな風に悩んでいるうちに夜が更けて、やがて唐突に激しい雨が降り出した。

遠くで稲光が光り、低く轟く音がする。

テントが水没するんじゃないかと不安になったけれど、幸い借りたお庭の水はけは良かった。

何度か雨脚が強くなり、弱くなりを繰り返した後、やがて夜の静寂が帰ってきた。

微かに虫の声がする。

このジーっていう鳴き声は、なんの虫だっただろう？　コットに横になって、ぼんやりと記憶を辿る。

昔、伯父さんに教えて貰った筈だ。えーと確か――。

「…………」

その時、唐突に虫の声がやんだ。

時計を見ると午前二時を過ぎている。

草木も眠る丑三つ時というヤツだろうか？　虫も寝てしまったのか？

――いや、違う。何かが動く気配がする。

咄嗟に僕はコットから起き上がって、宮田家の玄関を見た。

ランタンの明かりに照らされて、確かに白い犬が、ひっそりと佇んでいた。

息を潜め、望春さん達に電話をした。

でもこの時間だ。二人とも出なかったし、そもそも起こしていいのだろうかとも思った。

だけどこのまま、レイを逃がしていいものだろうか？

僕は覚悟を決めた。

菊香が置いていってくれた、犬用ジャーキーと散歩用のリードを手に、そっとテントから這い出す。

宮田家に近づくと、レイはすぐに僕の気配に気がついたようで、エサ入れから顔を上げた。

「やあ……こんばんは、レイ」

そう声をかけると、レイの耳がぴくりと伏せられた。

エサ入れはどうやら既に空っぽみたいだ。きっとお腹が空いていたんだろう。

「ほら、まだお菓子があるよ？　おいでよ」

ジャーキーをちらつかせる。黒々とした目が僕を見上げた。

「君を虐めたりしないよ。宮田さんの代わりに来たんだよ」

そう静かに声をかけた。でもどこまで伝わっているのか、全くわからない。

レイは、『そんな言葉は信じないわ』と言うように、僕を知らんぷりした。

でも幸い、怒って噛みついてきたりするような、怖い気配は感じない。

なので僕は、ジャーキーをエサ入れの中にころんと転がしてやった。

レイはそれを、バキバキと小気味よい音を立ててかみ砕くと、数口で飲み込んでしまった。

そんなに早く食べ終わってしまうんだ……ものすごい顎の力じゃないか。

でもここで怯えているわけにもいかない。

僕はもう一本、ジャーキーを差し出した。

「美味しかったでしょう？　ほら、もう一本あるよ」

そう言って、今度はエサ入れより少し離した、玄関タイルの上に置く。

ゆっくりとレイはそれを食べに行こうとした。

その隙に、僕はレイの赤い首輪に、リードのナスカンを引っかけようとした——が。

「ぐぅうううう、わん！」

「わっ」

途端にレイが牙を剝き、僕に嚙みつこうとしたので、僕は咄嗟に後ずさった。

「うあっ」

雨で濡れたタイルの段差で足を滑らせ、そのまま後ろ向きに倒れ込んだ。

レイはそんな僕を飛び越えて、走り出す。

「待って！　逃げないで！　レイ！」

慌てて起き上がって追いかけようとしたけれど、再び足が滑って、僕は無様に地面に転がった。

したたかに顎を打ち付けたし、肘を擦り剝いたと思う。

「…………」

レイはそんな僕に振り返ると、そこで初めて躊躇するような表情を見せた。

まるで転んだ僕を心配するように。

「レイ！」

でも僕が這うようにして身体を動かすと、彼女は何度か振り返りながらも、タッタッタと軽やかな足音を響かせて、暗闇の中に消えて行ってしまった。

伍

もしかしたらレイが戻って来てくれるかもしれないと、そんな風に淡い期待を寄せているうちに、夜が明けてしまった。

どろどろのままコットに横になって、望春さん達の連絡を待っていると、朝六時、心配そうな顔で菊香がテントを訪ねてきた。

「どうしたの？　大丈夫⁉」

泥だらけで、そして僕はどうやら唇を少し切っていたらしい。

僕のそんな姿に菊香は驚いて、家から救急箱を取って戻って来てくれた。

「危ないよ！　確かにレイは賢い子だけど、噛まれてしまう可能性だってあったのに！」

手当てをしてくれる菊香に、夕べの事を話すと、彼女はそんな風に僕を怒った。

「でも、ほうっておけなかったんだ」

現にレイは僕を傷つけたりしなかった。あれはただの威嚇だった。

なのに——勝手に転んで怪我をしたのは、この僕だ。

「……目が合ったんだ」

「目？」

「転んだ僕の心配をしてくれたんだ、優しい子だったのに……」

僕が不甲斐ないせいで、捕まえて、護ってあげられなかった——そう思うと、僕の両目から、どんどん涙が溢れてきた。

そんな僕を見て、菊香が目を丸くする。

「え⁉ ただ目が合った犬の為に泣いてるの⁉」

「だって……」

「ほんと変なの。どうして泣くの？ 青音はわけわかんない」

菊香が理解に苦しむというように、怪訝そうに顔を歪める。

わけがわからないと言われたって、僕には本当に悔しくて堪らないことだった。

むしろわかってくれない菊香に少し腹が立った。

「あーもう、そんな顔しないでよ……ほら、青音の大好きなお地蔵さんの写真見る？」

しかも彼女は、僕を馬鹿にするようにスマホを近づけてきた。

「やめてよ！」

だから咄嗟に払ってしまった。

彼女の手から、スマホが飛んでしまった。

「あ……」

わざとじゃなかったけれど、僕は菊香の華奢な指先を叩いてしまった。今さっき、僕の手当てをしてくれた優しい手を。

「…………」

「ご……ごめん……」

「ううん……」

彼女はそう言ったものの、視線を落としたまま、僕を見なかった。

いつも僕の目を見て話す菊香が。

そして彼女はスマホを拾い上げ、何も言わずにテントから出て、そのまま帰ってしまった。

手当てしてくれたことへのお礼も、ブラウニーの感想も言えなかった。

僕は落ち込んだ。

失敗と寝不足でいつもより冷静じゃなかったとはいえ、あんな風に乱暴な事をしてしまうなんて……。

どっぷりの自己嫌悪で溢れる涙を止められないでいると、望春さんから電話が来た。

迎えが来る。

夕べは酷い夜になってしまった。

僕は今日は、午後からの出勤でいらしい。

夕べの僕の失態を、望春さんは責めるどころか、電話に気がつかなかった自分が悪かったのだと詫びてくれたけれど、なんだかそれすら僕は自分を責めてしまった。

元はと言えば、上手にレイを捕まえられていれば、望春さんに謝らせずに済んだのに。

菊香の事もだ。

また雨が降ってきた。

出勤前に迎えに来てくれた望春さんの車でマンションに戻ると、僕はまっすぐシャワーに向かった。

膝と肘と腕と、合計四カ所も擦り剝いてしまっていたらしい。

熱いお湯が傷口に染みる。

でもそれ以上に心が痛い。

いつもより長めにお湯を浴びてからリビングに戻ると、紫苑さんが待っていた。

「お帰り。聞いたよ、大変だったね。『診察』する?」

にっこにこの紫苑さんが恨めしい。

さぞかし僕は今、『診察』が必要な顔をしているだろう。

だけどすごく疲れていたので、首を横に振った。

「じゃあ朝ご飯は?」

「それより、少し、寝たいです……午後から仕事もあるし」

「だったら――そうだ、待っていて」

「え？」

そう言って紫苑さんは、一度自分の部屋に戻ると、ややあってごとごとと、診察室のハンギングチェアを抱えて戻って来た。

「自分の毛布を持っておいで、落ち着くはずだから」

言われるままに自分の部屋から、普段使っている毛布を取ってくると、紫苑さんはリビングのソファをずらし、ベランダの窓を開け、外に向かってハンギングチェアを置いてくれた。

「ほらおいで。丁度今日は雨だ。雨は優しい眠りを誘ってくれる」

幸い今日は風は強くない。

夕べのように雨脚も強くない。

しとしとと優しい雨だ。窓辺で寝ても、濡れる事はないだろう。

僕は言われるままにハンギングチェアに腰を落ち着け、紫苑さんの差し出してくれた、むにゅっと柔らかいネックピローと、自分の毛布に包まれて、なんともいえない最高の空間を手に入れた。

暖かくて、ゆらゆら浮遊感があって――まるで天国みたいだ。

ラベンダーのいい匂いのするホットアイマスクを着け、目を閉じると、雨音が本当に心地よい。

僕はすぐに眠りに落ちた。

ここは悪魔の住処の筈なのに、どこに居るよりも僕はこの場所が、紫苑さんの懐が、僕にとって一番安全な居場所なのだと思った。

そうして、再び目を覚ますと、時計は正午をとっくに過ぎていた。

しまった、寝過ごした！

飛び起きて、仕事に行かなきゃと慌てていると、エプロン姿でレタスを持った紫苑さんが現れた。

「大丈夫。さっき姉さんから連絡が来てね、君は今日は姉さんの仕事が終わってから、また犬捜しをする事になったよ──だから、さあお昼ご飯にしよう」

紫苑さんはそう言って、僕にレタスを手渡してきた。

「……お昼、何を作るんですか？」

「醤油焼きそば──食べた事ない？　旭川のB級グルメって言われてるんだけど」

「醤油……塩焼きそばなら何度か」

「北見の？　鉄板に載ってるやつ？」

「多分……」

まだ少し寝ぼけている気がする。ぼんやりとした頭のまま、紫苑さんに返事をしながら、僕はレタスを数枚剥いた。

旭川しょうゆ焼きそばは、米粉を使った麵に、醬油ダレで味を付けたものらしい。

指示されるままタマネギを切り、白髪ネギと小ネギ、そして紫苑さん特製の、自家製鶏ハムをスライスした。

その横で、紫苑さんがタマネギを炒め、蒸し麵をほぐし、そして最後に見慣れた赤い醬油ラーメンのタレを絞る。

じゅわわわわーと、胃袋に極めて刺激的な音と共に、醬油ダレの甘く香ばしい香りが、キッチン中に広がった。

その香りに一気に眠気も吹っ飛び、思わずごくんと生唾を飲んでしまった。お腹なんて全然空いていないと思っていたのに……。

炒め上がった麵を広げたレタスの上に盛り付け、たっぷりの鰹節とあげだま、二種類のネギ、鶏ハムと紅ショウガ、そしてしっかり漬けこんでいた、黄身がとろーりの味玉をまるごと一個。

紫苑さんは「緑が足りない気がする」なんてボヤいていたけど、大丈夫。茶色いご飯は美味しい物と相場が決まっている。

もふっと湯気の立つのを一口頰張り、すする。

醬油ラーメン味なのに、スープがない事に一瞬脳ミソがバグるけれど、次の瞬間『美味しい！』の一言に、塗り替えられてしまった。

白髪ネギのシャキシャキ感と小ネギの風味、香ばしくてさくさくと小気味よい食感のあげだまと、一瞬パサッとして邪魔のように感じるのに、噛むほどに美味しさが増す鰹節。

弾力のある麵、しっとり鶏ハム。

そしてとろーり卵。

……ああやばい、語彙を失う程美味しい。

三分の一くらい食べた頃に、ガリガリと挽いた粒胡椒で味変。更に半分くらい食べたところで、お酢とラー油を一回し。

最初っから最後まで、ずーっと美味しい。紅ショウガの一欠片さえ。

あっという間に醬油焼きそばは、僕の胃袋に納まってしまった。

転んで切って、ちょっと腫れぼったい感じの唇でも、湧き上がる食欲を止められないほど、美味しいお昼ご飯だった。

「しっかり食べられたって事は、よく眠れたみたいだね」

「あ、はい……おかげさまで」

日中に寝ても、なかなか熟睡できなかったり、疲れが取れなかったりするのに、今日は本当にぐっすり眠ってしまった。

「1／fゆらぎとホワイトノイズ――雨音は睡眠導入や、作業音に良いとされているんだ」

「1／fゆらぎ？」

「うん。雨音は規則的で、けれど不規則なものだからね。人間は完璧すぎるより、そういうわずかなズレに惹かれ、安心するんだと思う。だから僕は人に愛されない。僕は完璧だから、どの音にも交われない」

「へ、あ……はい」

ここは笑えばいいのか、同意すればいいのか……。

リアクションに困っていると、紫苑さんの方が先に笑った。

「でも本当の事だ。僕自身もね。完璧だから自分以外必要ない――ああでも、青音は特別だよ」

そう言って紫苑さんはにっこりと笑った。

その笑顔に、僕はすぐに悟った。

「それはつまり……そうおだてて、僕を『診察』するんですね」

「わあ、よくわかったね」

紫苑さんがわざとらしく驚くフリをする。

「そんなの……わかりますよ」

だって紫苑さんが僕をおだて、特別扱いする時は、僕の涙を欲しがっている時だから。

とはいえ、睡眠と食事で満たされた僕は、確かに紫苑さんと話がしたくなっていた。

いいや、本当は夕べからずっと話したかったんだ。

レイのこと、宮田さんの息子さんのこと――そして、菊香のこと。

僕はハンギングチェアに腰掛け、紫苑さんはソファの肘置きの所に腰を下ろした。

話せば話すほど、後悔や怒り、昂ぶる感情が涙になった。

紫苑さんはその一つ一つに耳を傾け、そして僕の涙をシリンジで吸い上げた。

僕の涙より先に雨の方が上がってしまったけれど、僕はそれでも涙を止められなかった。

「……菊香に、僕は本当に酷い事をしてしまった」

「別に彼女に暴力を振るおうと思ったわけじゃない」

「そうですけど……結果的に彼女が傷ついたなら、同じ事です」

ぶつかった僕の手が痛かった。

という事は、叩かれた彼女の指は、もっと痛かっただろうに……。

「触れあおうとすれば、時にはぶつかったり、摩擦が起きてしまったりするのも仕方がない事だと思うよ。でも――確かに傷つけてしまったと思うなら、二度と同じ事はせず、その何倍も彼女に優しくしたらどうだろう」

「僕は……彼女が苦手なんです」

「どうして？」

「だって彼女は、彼女の目は、僕を見透かして、泣き虫な僕を嫌っているから」

そりゃあ、菊香はいかにも聡明で、僕なんかよりしっかりしている。あの調子なら、きっと二人のお兄さんよりも。

　そんな彼女にしてみたら、めそめそ泣いている僕は、不快に決まっているだろう。

「……そうかな？」

「え？」

「君はすぐに、自分の中の一人の声にしか耳を傾けない。物事に一つの答えしか探さない。視点を変えてみればすぐに見えるものを、見ようとしないんだ」

「別に、そんなつもりじゃ――」

　そう反論しようとした僕に、紫苑さんが「しー」っと、黙るように人差し指を唇に当てて見せた。

「何はともあれ、悪い事をしたらすぐに謝るように、ママに教わらなかったかな？」

「……教わりました」

　僕はそもそも悪い事を、そんなにしないお子さんだったけど。

「だったら悩んでないで、彼女にきちんと謝ればいい。大丈夫、きっと世界は君の思っている形とは違うから――それより、君にはもっと悩まなきゃいけないことがあるんじゃないかな？」

「あ……」

　そうだ。僕が解決したいのは、本来はレイの事だ。

「このまま捕まらなかったら、どうなっちゃうんでしょう」

「どうって……一番考えられるのは――」

言いかけた紫苑さんに、僕は首を横に振り、耳を塞いで見せた。その答えを聞きたいわけじゃなかった。

「ああもう、いったい何処に逃げちゃったんだろ」

せめて日中どこにいるかさえわかったなら。

夕べ怖がらせてしまったから、家にはなかなか戻って来てくれないかもしれない。

僕が憂いに顔を覆うと、紫苑さんは僕の涙をケースにしまいながら「ふむ」と息を吐いた。

「そうだな……忠犬ハチ公の話を知っているかい？」

「ハチ公って……渋谷の？」

「うん」

紫苑さんが頷いた。

「えっと……飼い主が死んだ後も、毎日飼い主が乗っていた電車の時刻に合わせて、駅に来ていたっていうお話ですよね」

「富良野にも同じように、居なくなった飼い主を毎日待って、事故に遭ってしまった犬の碑が立っているし、入院した飼い主を待って、病院から離れない犬の逸話もある――僕が考える、犬の行動理念が二つある」

「二つ……？」

「一つは、犬は飼い主の消失を理解すると共に、また再会できると頑なに信じていることと。もう一つは、習慣性だ。君が仕事と飛び起きたり、昼に昼食を摂るように、群れで生きる犬たちも、人間同様習慣の生き物なのだと思う」

「再会と、習慣……ですか」

だとしたら、レイはまた飼い主に会うために、今までの習慣に沿った場所に現れるかもしれないって事か。

「わかりました……レイについて詳しいのは菊香だし、やっぱり彼女にちゃんと謝って、改めて協力して貰おうと思います」

「そうだね、それがいい」

そうして午後の診察予約の入っている紫苑さんは、自分の診察室へと戻ってしまったので、僕は改めて午後の予定を、望春さんとメールで打ち合わせした後、眠気覚ましのカフェオレを淹れた。

と、いってもインスタントだけれど。

でも勇気さんとのキャンプで全く珈琲が飲めなかった自分が、あの日ちょっと恥ずかしかったので、今は修業中なのだ。

修業で美味しくなるのかどうかは、我ながら定かではないけれど。

ただ、カフェイン強化だと、今日は珈琲を入れすぎた。

少し苦い。

なのでお茶請けに、僕は菊香に貰ったブラウニーを一口囓った。

「……あ、美味しい」

意外だ。

手作りお菓子ってイマイチだったりするし、とくにドライフルーツってなんだかネチャッとしているし、ナッツとかも歯にくっついて好きじゃないのに。

ブラウニーのねっとりとした甘さ、フルーツの酸味、ナッツの歯ごたえ――それらが絶妙で、びっくりするほど美味しかった。

結局僕も午後から難航しているという清掃作業のヘルプに入り、望春さんと僕が再び宮田家に向かった時には、午後七時を過ぎていた。

警察や保護犬施設の人も動いてくれていると言うし、今日はもう捜索はほとんどせず、宮田さんの家の玄関に、カメラを設置するだけだった。

ご遺族は相変わらず『他人事（ひとごと）』だったけれど、それでもレイの今後は僕たちの方で対処するという事を伝えると、宮田さんの家の電源などを使わせて貰えることになったのだ。

「小雛さんの所のお嬢さんね、日中、放課後にクラスメートにも協力して貰って、捜してくれていたみたい。しっかりしたお子さんだわ」

カメラの画角を調整しながら、望春さんが言った。

そうか、それでもまだ、菊香はレイを捜してくれていたんだ。

「……昔からですよ。小雛さんの家はお母さんが厳しい感じだったはずですが、彼女もまだ幼稚園の年長さんなのに、小三のお兄ちゃんをよく叱りつけていましたよ」

「ふふふ、女の子はしっかりしているものね」

望春さんが笑った。

「一度……お兄ちゃん達を追いかけて登ったお寺の桜の木から、菊香がおっこちた事があって。僕は慌てて彼女をおんぶして、家まで連れ帰ったんですが、その間もじっと両目に涙をためて、それでも彼女、少しも声を上げたりしないで『大丈夫』って答えたんです」

泣かないで我慢している菊香をおんぶして、「ごめんね」と、泣きながら走ったのは僕だった。

幸い彼女は大きな怪我はしなかったけれど、きっととても怖かったし、痛かっただろう。本当は大丈夫な訳がなかった。

あの日、小雛兄妹(きょうだい)は、僕が止めるのも聞かずに木に登った。上の二人はともかく、菊香にはどう考えても無理だったのに、彼女は兄へのライバル心で無理をしたのだ。

今思い出しても、胸が痛む。僕がもっとちゃんと止めてあげれば良かった。

一歳でも年上で、それが危険だってわかっていた僕が、気は強いけれどまだ小さな少女のことを、ちゃんと護(まも)るべきだったのに。

ただし、そういう菊香だ。怪我をしても泣きもせず、ちょっと意地悪で、苦手だった。

少なくとも幼い頃、僕は彼女がなんとなくおっかなかった。

でも——本当にそうなんだろうか。


——君はすぐに、自分の中の一人の声にしか耳を傾けない。物事に一つの答えしか探さない。視点を変えてみればすぐに見えるものを、見ようとしないんだ。


紫苑さんの言葉が、胸を過(よぎ)る。

彼女はきっと——ただ、僕より強いんだ。

苦手なのは彼女の前で、自分が後ろめたい気持ちになるから。

泣き虫で弱い自分が情けなくなるからだ。

結局僕は……レイのことも、菊香のことも、全く上手(うま)く対処できていない。苦しい。

だけど泣いている場合じゃない。うだうだ悩んでないで、それより行動しなきゃ。

じわっとまた目に涙がにじんだ。けれど僕はそれを振り払った。

陸

翌朝日曜日は、僕は仕事がお休みだった。

簡単に朝ご飯を済ませ、早朝から宮田家に向かう——でも、用意した餌を、レイが食べた痕跡はなかった。

カメラの映像も確認したけれど、夜の間に宮田家を訪ねてきたものはなく、僕が来る少し前、カラスがドッグフードを数粒啄んでいっただけだった。

「…………」

僕が取り逃がしたせいで、やっぱりレイはここを警戒してしまったのだ。

焦った僕のせいだ。

思わず玄関の段差に腰を下ろし、膝を抱えていると、不意に石畳に朝の影が伸びた。

頭を上げると、菊香が心配そうに立っていた。

「レイ……帰ってきてた？」

お互い少し気まずい沈黙の後、菊香がレイを案じるように言った。

僕は首を横に振ると、彼女は「そっか」と溜息をこぼした。

「もっと……例えば警察に応援を頼むとか、望春さんを呼びに行ったり、もうちょっと時間をかけて近づいたりとか、きっとレイを逃がさない方法はあったんだ」

望春さんも、無理に捕まえようとしなくていいと言っていたのに。

僕が焦って怖がらせたから、レイはここに来てくれなくなったんだ。

悔しい。自分の不甲斐なさが。

「警察や村雨さんだって、レイを捕まえられたかなんてわかんないし。悩んでても仕方ないよ」

レイの為に、ドッグフードと新しい水を用意してやりながら、菊香がさっぱりと言った。僕を慰めるでもなく、気にしていないという風に。

きっと、気を遣ってくれているんだろうと思った。

「わかってる。でも自分が悔しいし、僕は自分にすごい怒ってるんだ。だから――次こそは！　って、思ってるところだった」

クヨクヨしていたって仕方ないんだ。今日こそは、絶対に。

「昨日は……菊香にも、本当にごめん。イライラしてたからって、あんな風に……あんな事、絶対にしちゃ駄目だった」

「え？」

そう僕が頭を下げると、菊香は驚いて慌てたそぶりを見せた。

「そんな……気にしないでよ、大袈裟だよ、だってちょっとぶつかっただけだし、そんなに痛くなかったし、スマホだって無事だったし……」

「ちょっとだとか、そんなに痛くないとか、そういう問題じゃないと思う。乱暴な事をして、嫌な思いをさせてしまったなら、ちょっとも沢山も、全部同じだよ」

僕はあの時逃げたかった。差し出されたものを拒否して、回避したかっただけだったけれど、乱暴に振り払ったのは絶対に正解じゃない。

「そっか……」

「だから——ごめん。だけど僕は菊香を傷つけるような事を、したいわけじゃなかったんだ」

　そう必死で謝る僕をのぞき込むようにして、菊香は猫のような目で、まっすぐ見た。

　目をそらしたくなったけれど、そうしてはいけない事もわかった。

「……大丈夫」

「本当に？」

　彼女はゆっくりと首を縦に振ると、僕に両手を差し出した。

　指先が綺麗な桜色に染められた、華奢な手だと思った。

「ほら、なんともないでしょ？　それに私もあの時は、青音を怒らせちゃったことが嫌だっただけ。振り払われたことや、青音が嫌だったわけじゃないの……きっとお互い様だよ。青音だって嫌な気持ちになったなら——ごめんね」

「…………」

「ね？　お互い様」

「あ……うん」

　そう言うと菊香は、僕の手をぎゅっと握って僕を立たせた。

「だからもう気にしないで。青音は私に乱暴な事なんて絶対にしないって、私、ちゃんとわかってるから」

　今日は下を向いていたけれど、彼女の背中越しに、青空が広がっていることに、漸く気がついた。

青空を背にした彼女はとても綺麗で、僕は——急にどぎまぎした。

「……菊香は、青空がすごく似合うね」

「え？　やだなあ、そんな事言われたの、初めて」

菊香がへへへ、と恥ずかしそうに笑う。

その笑顔を見ているうちに、ほっとして涙腺が緩んだ。

「えっ、だからいっつもなんで泣くの⁉」

僕の目に浮かんだ涙に、菊香が慌てる。

「いや……菊香が怒ったり、傷ついたりしてなくて、本当に良かったと思って」

「は？　だからって、どうして？」

「どうしてって……」

「青音は昔から、いっつもなんで泣くのかわかんないから、私、自分が気がつかないですごい意地悪してるんじゃないかって不安になっちゃう」

「え？」

それは……むしろいつも泣いた後に、僕は凹まされているんだけど……。

僕は困惑した。

不安？　僕の涙を厭だと思っているんじゃなくて？

「昔……覚えてる？　お寺で遊んで、青音を泣かしちゃった事、私、すごい後悔したの。

どうしても青音が泣いた理由がわかんなくて——でもその理由がわかんないって事は、私は知らない間に誰かを傷つけちゃう、いやーな子なんじゃないかって」

「それは——」

「だから思ったの。私は優しくならなきゃって。また友達を泣かせてしまうような、意地悪な子にならないように」

ずーっとずーっと気をつけてきたんだ——と、菊香が続けた。

「……そんな……ごめん」

そんな事を悩ませてしまっていたなんて——僕の目に、じんわり涙がにじむ。

「どうして青音が泣いちゃうの？　私、やっぱり——」

僕の涙を見て、菊香が更に困ったように顔を引きつらせた。

「そうじゃないんだ。菊香のせいじゃなくて……僕、昔からなんだ」

「昔……？」

「そう、ずっと昔から。多分、物心ついた時からだと思う」

慌てて話した。僕のこの、どうしようもなく緩い涙腺を。

嬉しくても、悲しくても、怒っても、困っても——どうしても、心が動くと溢れてしまう涙の事を。

「さっきは本当に、菊香が笑ってくれて、嬉しくて、涙が……」

それを聞いた菊香が、驚きに身を乗り出した。

「じゃあじゃあ、お寺の時も!?　兄さん達がお地蔵さんに雪玉をぶつけて遊んでいたら、青音、突然泣き出したでしょ？」

「あれは……だって、そんなことしてご住職達にバレたら、すごい怒られちゃうのに。だから止めてるのに、二人が全然やめてくれなくて。それでなくとも、菊香が木から落ちたせいで、二人ともお母さんにすごく怒られてたから……」

あの時僕が一番怖くて悲しかったのは、二人が怒られてしまう事だ。

もしかしたら、僕と菊香も一緒に叱られてしまうかもしれない。でも幸い僕のまわりの大人は、ちゃんと僕らの話を聞いてくれる筈だってわかってた。

僕らがそんな悪戯してないと言えば、ちゃんと信用して貰えただろう。

ただし二人は違う。菊香の二人のお兄さん。

僕は小さい頃から、『親』に無意識の遠慮があった。だから怒られる事をとにかく恐怖していた――多分今も。

親に怒られて嫌われたら、生きていく場所を失うんだって思ってた。

暴れん坊で悪戯っ子の二人は、また絶対にきつーく大人達に叱られてしまう筈だ。

そう思ったら二人が心配で、可哀相で仕方なかったし、いくら止めても聞いてくれない事が悲しかったんだ――

「そうだったんだ……私ほんとなんで青音が怒ったのかわかんなくて、よっぽどお地蔵さんが好きなのかと思ってた」

「え、お地蔵さんが好きって、どんな子供」

思わずぷっと僕は吹き出した。

「だって本当にわかんなかったんだもん……」

そうか――そうだったんだ。

だから菊香は僕にお地蔵さんの写真なんか見せようとしたんだ。

彼女は別に……僕を馬鹿にしてたわけじゃなかったんだ。

「でも良かった。理由を聞いて安心した。私、青音に嫌われたんだって思ってたんだもん」

「僕こそ……菊香は強いから、余計に僕がすぐ泣くことを馬鹿にして、厭がってたんだと思ってた。男の癖に恥ずかしいって」

「恥ずかしい？　私、そもそも『男だから泣いちゃ駄目』とか、そういうの好きじゃない」

「え？」

「だって……男だからとか、女だからっていうのはさ、やりたくないことを押しつけられるだけじゃなくて、やりたいことを制限されちゃうんだよ。そんなの絶対嫌じゃない？」

菊香がぽってりした唇を、さらに不満げに尖(とが)らして、不快感を露(あら)わにして言った。

「『やりなさい』も嫌だけど、『やっちゃ駄目』が一番嫌でしょ。そりゃ身体の仕組みが違うから、全く同じやり方じゃ出来ない事もあるけど、でも性別で制限されるなんて、こんなムカつく事ないでしょ」

心底嫌だという風に言う菊香。僕とたった一歳しか違わない彼女の、そのしっかりとした物言いに驚く。

「そう思わない？」

「あ……うん……確かに……」

「うちの両親、泣くとすぐ怒る人達だから、泣いても怒られない青音が羨ましいとは思ったけど——それより青音の涙は綺麗だし、もし次会った時は、私が兄さん達から護ってあげなきゃって思ってた」

だから、別に青音が泣いてたって、厭だとは思ってないよ——と、菊香が言ってくれたことに、僕は心底驚いて、呆然としてしまった。

ずっと、ずーっと怖い子だって思ってたのに。

「……ブラウニーだ」

僕は思わず呟いた。

「え？」

「貰ったブラウニーすごく美味しかった」

「え、ほんと？」

ぱっと菊香の表情が、嬉しそうに輝いた。

「うん……ドライフルーツって好きじゃないし、でも貰ったから、仕方ないからお世辞を言おう……とか思ってたんだけど、食べたらお世辞じゃなく美味しかった」

途端に、菊香の顔が真っ赤に染まった。耳までくっきりと。

「わ、私、料理は苦手だけど、お菓子作るのは好きなの。実験みたいで」

「実験て」

思わずふふ、と笑うと、菊香も笑った。

苦手だと思ってたブラウニー。きっと勇気さんに勧められなかったら、下手すりゃ食べる事だってなかっただろう。

食べてみなきゃ、あの美味しさはわからないままだった。

いつの日か、過去のどこかで『嫌い』と抱いた印象を、僕はよく確かめもせず、アップデートもしないまま、ここまで来ていたんだ――僕は反省した。

紫苑さんに言われたとおり、僕は一つの視点にいつまでも固執してしまう悪い癖がある。

彼女を苦手だと思っていた。だけど本当に嫌いだったら、子供の頃一緒に遊んでなんていなかっただろう。

嫌な思い出だけがリピートして、楽しかった事を忘れていたんだ。

人間は現金だ。そう思ったら、次々に、小さな菊香の可愛い姿を思い出した。

彼女もそうだったのか、久しぶりに会った僕らの間の、時間という摩擦が生んだ緊張感が、不意に消えたのを感じた。

僕が拳を突き出すと、彼女もこつんと同じように当ててきた――彼女の二人のお兄ちゃんが、いつもやっていた、勇ましいハンドサイン。

菊香が不敵に笑った。

「よーし！　じゃあ無事和解できたところで、レイを捜しに行こ！」

「あ！　それで僕も、レイの事で菊香に話があったんだ」

「私に？」

元はと言えば、昨日僕がちゃんと捕まえられていたら良かったんだけれど、でもそうはならなかった。

失敗を悔いていても、現状は何も変わらない。だったら、何が何でも、今度こそレイを保護するんだ。

「レイの行動範囲が知りたいんだ。正確には、亡くなった宮田さんの事が」

そう言って僕は、紫苑さんに言われた事を菊香に話した。

「成程、『再会と習慣』か――つまり、宮田のおばあちゃんの生活スタイルが知りたいんだね」

「うん。後は通っていた病院とか」

その質問に、彼女はうーん、と両腕を組んで思案する。

「そこまでおばあちゃんを、なんでも知ってる訳じゃないけど、ただ病院なら、ここから歩いて十分くらいの所。亡くなる前に通っていたのは、多分そこだと思う」

善は急げだ。

僕らはさっそくその病院に移動することにした。

歩きながら僕は、やっぱり冬が来る前に、車の免許を取った方がいいかもしれないと、そう思った。

漆

幸い、病院は徒歩でもそんなに距離はなかった。

宮田さんは来年迎える古希を最後に、車と免許を手放す事を考えていたそうだ。

もうそんなに頻繁に車は使っていなかったものの、行動範囲はそれなりに広そうだ。

遠いところは、仕事が終わり次第、勇気さんか望春さんが駆けつけてくれる事になっているけれど、できるだけ僕らで回れるところだけ回ろうという事になった。

幸い今日は快晴だ。午後からは天気が不安定になるらしいけれど、今は暑すぎるくらい暑い。

熱中症にも気をつけなければと思いながら、僕らは病院へ向かった。

休診日で、まだ面会時間ではなかったので、裏口の警備員さんに確認すると、レイらしい犬を病院のまわりで見た事はないそうだ。

親切にも病棟の方にも確認を取ってくれたけれど、結果は同じだった。

だけど看護師さんの一人が、病院近くの喫茶店で、レイを連れてお茶を飲む宮田さんの姿を、何度か見た事があるという話だった。

お礼を言って、その喫茶店に向かうと、確かに店員さんは宮田さんとレイの事を知っていて、あたたかい時期、天気のいい日に、時々テラス席でアイスコーヒーを飲んでいたと教えてくれた。

「でも……レイは人見知りが激しかったから、私も撫でたりさせてくれなかったのよ」

と女性店主が言った。

いつもまるで守護騎士のように、宮田さんの傍に寄り添い、彼女を見守っていたんだそうだ。

「なんとなくだけど、落ち着いているっていうか、あんまりウロウロ歩き回ってるイメージじゃないのよね。だから日中は、どこかでじっと隠れてるんじゃないかな」

それに理由なく、遠くまで行くようにも思えない……と、彼女は言った。

「一回ね、外に繋いでいた時、気がついたらリードが外れていたことがあったんですって。でもあの子、どこにも逃げていかないで、むしろ『外れてしまってごめんなさい』って顔で、玄関前でしょぼくれていたって」

うちの子なんて、リード無しでは、どこに行くかわかったもんじゃないのに――と、店主は苦笑いで言った。やっぱりレイは、家のまわりに潜んでいるのかもしれない。

「確かに目撃証言があったのも、家のまわりだけなんだよね」

と、喫茶店を出た菊香が呟いた。

「とはいえ……隠れられそうな所は、大体捜したと思うけど」

「あとはもう、散歩コースとかかなぁ、うーん」

そう言って菊香は唸った。

「私が歩かせる時は、うちの子達のコースになっちゃうから、レイとおばあちゃんの散歩コースはよく知らないんだよね。たまーに遠出するって事ぐらいしか聞いてない」

「遠出？」

「うん。やっぱおばあちゃんでは、毎日思う存分レイを運動させられないから、月に一回遠出した時に、思いっきり走らせてやるんだって言ってた。だから普段の散歩コースは、そんなに長くないいんだと思うな」

「そっか……」

おそらく散歩コースも家からそう離れていないだろう。

仕方なく二人で他に思いつくところを全部、宮田さんが日常的に通っていたスーパーや、自宅の周辺など歩いた。

何度か歩いているのを見かけたという公園の近くだとか、レイが隠れられそうな所を覗きながら。

それにしても、こうやって歩いていて、不審者っぽくないか心配だったけど、まぁ菊香は完全に地元の子だし。

それに彼女は歩きながらよく話し、よく笑った。レイ捜しですら楽しい年頃なんだろうか？

だからまぁ……少なくとも、泥棒とかには思われたりしないだろう。

でも結局レイの足取りは全く摑めなかった。

何か他に、宮田さんの事を知っている人がいないか悩んだ末に、僕らは旭楽寺に向かった。

ご住職は外出中だったけれど、突然訪ねたにもかかわらず、若院さんと坊守さんは、僕らを歓迎してくれて、朝からずっと逃げたレイを捜しているのだというと、お寺に上げてくれた。

「二人とも、お昼はまだでしょう？　お素麵を食べて行きなさいな」

そう言ってくれたのは、昔よりも頭の白くなった坊守さんだ。

僕が遠慮するより先に、菊香が「はあい」と答えた——え、いいの？　その距離感で。

お線香のいい香りがする中、若院さんもキンキンに冷えたラムネを二本持ってきてくれた。

「レイは本当にいい子で、人間の言葉を理解しているような、そういうそぶりでね。お経を上げに行くと、いつも隣で伏せて、じーっとお経を聞いていてくれたよ」

昔、僕らと一緒に境内を雪かきして、立派なかまくらを作ってくれた若院さんが、相変わらず優しい、おっとりとした口調で話してくれた。

「ご主人はあんまり突然亡くなったもんだから、宮田さんは随分気落ちしていたんだけど、それまでご主人に懐いていただけのレイが、今度は宮田さんの傍を離れなくなってね。甘えていると言うより、彼女の寂しさを紛らわせてくれていたんだと思う」

そういう人の心がよくわかる、優しく賢い犬だと、彼は言った。

「だから、宮田さんもレイの事は、大事にしていたんだけどね……」

望春さんもそう言っていた。だから宮田さんは、ミュゲにご主人の遺品整理だけでなく、自分の生前整理を頼み、息子さんに生前贈与を進めるかわりに、自分が亡くなったあとのレイについて、しっかり頼んでいたはずなのに……。

とはいえ、親子の間にあった確執を、お金だけで無かった事には出来ないのもわかる。

そして――悲しいかな、故人は何も言えない事も。


そんな話を聞いていると、坊守さんが美味しそうな素麵を出してくれた。

つやつやツルツルの麵に、トロットロの焼き茄子と、たっぷりの薬味が載った、さっぱり系素麵だ。

菊香はミョウガが苦手らしく、僕のお皿にミョウガをそっと放流してきた――ミョウガ美味しいのに。

ただサッパリかと思いきや、ごま油がガツンと効いていて、口当たり良く香ばしく、そしてしっかり食べ応えを感じる。

すっかり歩き疲れてお腹を空かせていた僕らは、瞬く間に素麵を平らげてしまった。

「今日は暑いし、今のうちに少し休んでおきなさい」

そんな僕らに、坊守さんがにっこり笑った——そうだ、昔から『ごちそうさま』を言う僕らに、こうやっていつも笑顔を返してくれた人だった。

「突然お邪魔したのに、こんなにお世話になってしまってすみません」

僕が改めてお礼を言うと、彼女は「ま、すっかり大人になって」と更に目を細めた。

「でもいいのよ。若院も今、誰か知らないか電話をかけているからね」

その間に、檀家さん達もレイを見かけていないか、確認してくれるそうだ。

その時、スマホに紫苑さんからメールが届いた。

『どう？　泣いてる？』

……いや、どんな聞き方ですか、紫苑さん。

本格的に泣くのは、家に帰るまで取っておいてますと応え、僕はここまでの、成果のない状況を説明した。

他に何か、紫苑さんならわかる事がないかと思ったからだ。

メールを打っていて、ふと気がつくと菊香の姿がなかった。

トイレかな？　と思ったら、彼女は境内の方に散歩に出ていた。

追いかけて、改めて菊香の落ちた大きな桜の木や、可愛い前掛けをつけたお地蔵さん達を見た。

「懐かしい？」

僕の気配に気づき、振り返って菊香が笑った。どうやらお地蔵さんのまわりに生えた小さな雑草を、抜いてあげていたらしい。

「うん……ここは変わらないね」

「そうでもないんだよ。ほら、そこにあったハンノキとエンジュの木は、何年か前の台風の時に折れてなくなっちゃったの」

ああそういえば……と、記憶の中の風景を思い起こす。

「大事にしていても、どうしても守れないものはあるから。だからできるだけ、今あるものを大切に愛して、記憶に刻んでいかなきゃいけないんだよね」

大切なものを全ては未来に遺せない。

でも、記憶は残る。

青空の下で煙るような、あの白くて綺麗なエンジュの花は、目を閉じればまだ、僕の記憶の中で咲いている。

僕らは記憶に生かされている――ふと、僕を抱き上げて、境内の花を見せてくれた、伯父さんの事を思いだした。

「見て、お地蔵さん――綺麗でしょ」

「ああ、うん」

「私ね、暇な時とか、よくここに来てお地蔵さんを綺麗にしてあげてたの、ずっと」

「へえ、偉いんだね……」

「そうじゃないよ」

菊香が首を横に振って、にかっと笑った。

「言ったでしょ？ 私、青音がこのお地蔵さんの事、大好きなんだって思ってたから。だから青音がまた旭川に戻ってきた時に喜ぶように綺麗にしてたの」

今思えば、すごい勘違いだよねぇ、とけらけら菊香が声を上げて笑った。

「……僕の為？」

「うん、だって泣く程好きなんだなって」

「いや……そんな訳ないでしょ」

「あはは、やっぱそうだよねぇ」

とはいえ、彼女のその優しい気持ちが嬉しかった。

その時またスマホが鳴った。

紫苑さんから返信が届いたのだ。僕は慌てて中をのぞき込んだ。

「……え？ これだけ？」

思わず声が出た。

「どうしたの？」

「いや……ちょっと……」

期待していただけに、僕は落胆を隠せない。

『犬は泣くんだろうか？　飼い主を悼んで涙を流すんだろうか』

紫苑さんの返事は本当にこれだけだったのだ。

「うーん……ねえ、菊香、犬も泣くもの？」

「犬？　泣くよ？　うちのわんこ、叱ると目をウルウルさせるし……」

それははたして、『悲しい』という感情なんだろうか？

「んー……死っていう概念があるのかどうかはわかんないけど、でも実家を出た上の兄さんが最初に帰省してきた時、『え？　お前生きてたの？』ってびっくりした後、ぶるっぶる震えて喜んでたから、『永遠に会えなくなる事もある』っていうのは認識してるよ」

あれはただ喜んでいた訳じゃなく、驚きや困惑が確かにあった、と菊香は断言した。

「じゃあ、やっぱり死の概念はあるのかな……」

でも、それがなんだと言うんだろう？

紫苑さんが何を言いたいのかわからない。

僕は悩みながらもスマホをポケットにしまった。

菊香はそんな僕を、じっと見ていた。

「どうしたの？」

「いや、知り合いに相談してたんだけど……彼はいつも、なぞなぞみたいに話すんだ」

「ふーん……でもさ、わかんないけど……結局、人間も同じじゃないかな」

「同じ？　何が？」

「『死』の概念っていうか。大切な人を失ってからも、また会いたいと思うし、会えないってわかっていても、その声を聞きたい、ぬくもりを感じたいって思うでしょ」

「ああ……」

それは確かにそうだ。

「僕もまだ、旭川の風景に、風に、音の中に、匂いの中に、ふっと伯父さんと伯母さんを思い出すよ」

勿論、もう二人が帰ってくる事は無いって、ちゃんとわかってる。二人は逝ってしまったのだと。

でも——それでも会いたい。

「うちはね、去年飼い犬の一匹が死んじゃってね。十七歳の老犬だったから、いつもリビングの鉢植えの横でお昼寝してたんだけど、もう死んで一年以上経つのに、植木鉢の陰にね、まだあの子の気配を感じる時がある」

菊香が寂しそうに、けれど愛おしそうに告げた。

なんとなくわかる。

勘違い、気のせい――では、片付けられないような、リアルな気配。

幽霊がいるかどうかはわからないし、正直あんまり信じていない。きっと錯覚だ。

でもその錯覚を信じたいような、強い気持ちが僕の中にも確かにある。

「頭ではちゃんと理解しているのに、感覚はそうじゃない。わんこもそうなんじゃないかな？　大好きな飼い主の事だから、また会えるかもしれないって、諦めないのかも」

そこまで言うと、菊香はお地蔵さんの隣に腰を下ろした。

「だって『大好き』って想いって、行き場が必要だと思うんだ。好きな人に、好きって言いたい気持ちとか、もう、何かしたい！　ってそういう気持ち。だからレイは、今でもきっとおばあちゃんを捜してるんだと思う」

「気持ちの行き場、か」

「うん。私、お地蔵さんのお掃除はね、青音の為だし、お陰でご住職に褒めて貰えるっていうのもあったけど……このお地蔵さんを大事に想う人も確かにいたからなの」

きっかけは僕の為ではあったけれど、掃除をするようになって、そこからなんだか止められなくなってしまったのだと、菊香は言った。

「月に一回、亡くなったお孫さんの月命日に、必ずお寺に来て、お地蔵さんを拝んでいく近所のおばあちゃんがいてね」

「……月命日？」

「うん。毎月、お孫さんが亡くなった日に来ているの。だから、私がお地蔵さんを綺麗にしてるって知ってるから、わざわざ毎年お年玉を――」

「月に一回……そうか！」

「え？」

嬉しそうに話す菊香を、僕は思わず遮ってしまった。

「ごめん菊香。でも……宮田のおばあさんは『月に一回遠出した時に、思いっきり走らせてやるんだ』って言っていたんだよね？　月に一回、遠出して走らせてあげるんじゃなく」

「あ、うん。そうだったと思う……けど？」

それが何か？　と、彼女は首を傾げた。

「レイの為にではないんだ。外出の動機だよ――月に一度遠出するんじゃなく、月に一度遠出するから、レイもその時に走らせてやるんだとして、おばあさんは月に一回、どこに遠出していたのか考えたんだ」

「あ……」

「宮田さんの旦那さんが亡くなったのはいつ？　お墓はどこにある？」

「あ……お墓は、確か観音台の方」

観音台――そこへ行くことを遠出、と呼ぶかどうかは、正直僕では判断できない距離だ。

旭川の郊外の、夜景の綺麗な場所。静かな場所。

昔は遊園地があったそうだけれど、今は名前を残すだけで、そこには公園がある。

「僕もね、毎日伯父さんと伯母さんに線香を上げてるんだ。最近はもう、それが習慣になってる。少し前に旦那さんが亡くなって、愛犬と二人きりで、宮田さんもそうだっただろうし。だから月命日には、お墓参りをしたんじゃないかな」

そうして、お墓参りの帰り道、忍耐強く、優しい忠犬にたっぷり運動をさせてあげるのだ。愛する夫の愛犬を――今はたった一人の大切な家族を。

「確かに……お墓のすぐ横の観音遊園地だったら、人も多くないし、犬の散歩もさせやすいかも。それに、宮田のおじいちゃんの月命日はもうすぐだったと思う」

「自然に溢れた観音台なら、いくらでもレイには隠れ場所がある筈だ」

逸話が残る忠犬達が、毎日飼い主を迎えに行ったり、似た車を追いかけたりしたように、犬が本当に習慣の生き物だというのなら。

菊香の顔が、ぱっと期待と興奮に染まった。

「青音の言う通りかも。おじいちゃんのお墓に行って、レイはおばあちゃんが来るのを待っているのかもしれない！」

捌

成果のない電話を終えて戻って来た若院さんに事情を話すと、彼は観音台まで連れて行ってあげると申し出てくれた。

街のはずれ、緑の坂をどんどん車が登っていく。

耳が痛いくらいの虫の声が、ふいに静かになったと気がつくと、天気予報通りに空にどんどん黒い雲が広がってきた。

うねった道、カーブの合間合間に見える旭川市内の、遠くに雨のカーテンが揺らいでいるのが見えた。

早くしないと、ここも雨に取り込まれてしまうかもしれない。

林を抜けるようにして、ぱっと現れた墓地。

駐車場に車を駐め、僕らは手分けして、広いお墓を走り回って、レイの姿が無いか捜した。

静かな場所だ。

さらさらと木の葉を揺らして風が流れていく。雨が降る前の冷たい風が。

ここは本当に静かで、寂しい場所。

僕はもう二度と、レイを逃がしてしまいたくないと、強くそう思った。

だってここで、ずっとここで一匹で、もう帰らない大切な人を、待ち続けているのだとしたら、こんなに悲しい事はないじゃないか。

「レイ！　レーイ！」

僕は叫んだ。一度だけ見た、あの白い毛並みを、黒い瞳を思って。

そうして、いくつもの墓石の間を抜けて、覗いて——その時、一つのお墓の横で、もこ、と白い影が動いた。

「あ……」

脅かしてしまわないように、逸る気持ちを抑え、ゆっくり歩み寄った。

影が顔を上げた。

でも警戒しているのか、それとも僕とは話す気がまったくないのか、彼女は僕を見ずに、墓石の方を向いて座った。

そこは間違いなく、宮田家のお墓だった。

「……良かった」

思わず安堵の息が漏れた。

「やっぱりここだったんだ。もう、捜したよ」

僕の言葉を聞いているのかいないのか、レイは振り向かない。

けれど時々、その尖った耳がピクッと動いている。

「レイ！　いたあ！」

その時、僕とレイに気がついた菊香が声を上げた。

さすがに彼女は菊香の方を見て、少しだけ尻尾をぱたぱたと動かした。

「さあ、帰ろ。ちゃんと私達が、新しい家族を探してあげるから」

菊香ががさがさとバッグからリードを取り出し、赤い首輪に付けようとした。

「ぐうううう」

けれどレイは低く唸って、地面に伏せ、リードを付けられることへの拒否を示した。

「…………」

それでも犬に慣れている菊香は怖がらず、素早くカチャッとリードを付けた。だけどレイは、意地でも動く気は無いと、そういう姿勢だった。

「レイ……」

菊香が困ったように僕を見た。丁度若院さんも駆けつけてくれたけれど、三人で抱えていくには、やっぱり気性の荒い犬だと思う、と若院さんも困った顔だった。

仕方ないから、保護犬施設の人に連絡して、捕獲用ケージか何かを借りてこよう、そんな話になったけれど、万が一今を逃したら、レイはまた姿を消してしまうかもしれない。

「……わかってるんだよね、本当は。ここにいても、二人は戻ってこないことを」

だから僕はレイに話しかけた。

「君の大好きなおばあちゃんは——たった一人の家族は、もう死んじゃったんだ。どんなに待っていても。本当はわかっているけれど、それでも待たずにはいられないんだよね——僕も同じなんだ」

そっとレイの横にしゃがみ込む。

レイは伏せたまま、僕をちらりと一瞥し、またそっぽを向いた。でもその耳はしっかりと立てられていて、僕の声を拾っている気がした。

「もう迎えに来てくれないことはわかってる——だけど、僕もまだ、伯父さん達の事を待ってるんだ。君と同じように。まわりに優しい人達が沢山いるのに、大事にしてもらってるってわかってるのに、それでも時々寂しくて堪らない時があるんだ」

そうだ。ずっとずっと、他の誰かじゃ埋められない溝が、空白があるんだ。

「——だから、一緒に行こう」

僕はそう言ってレイにそっと手を伸ばした。

本当は捕まえて、保護犬施設に任せるつもりだった。だって望春さん達が言っていた、遺品と同じように、飼い主に遺されてしまうペットは少なくない。

これから先、ミュゲに勤めていれば、いくらでもそういう可哀相な子達を見る事になるだろう。

その一匹一匹を、可哀相だって、全て引き取るような事は出来ない。

きちんと面倒を見られない状況での飼育は、愛していても虐待なのだ。

わかってる。

わかっているけど、でも――。

「うちにおいでよ。伯父さんの家で一緒に暮らそう。僕は宮田さんの代わりにはなれないし、君も伯父さん達の代わりにはならない――けど、どうしても寂しい時、お互いに慰めることは出来ると思う」

だって僕らは今、同じ痛みを抱える一人と一匹なんだから。

怯(おび)えていちゃ駄目だ。怖がっちゃ駄目だ――静かに伸ばした指先が、白くてごわっとした毛に触れた。

レイは吠(ほ)えなかった。

怒らずに、僕の方を向き、そして目を細めた。

「君の新しい飼い主になるだなんて、そんな大それた事言わないよ。君のご主人はきっと、亡くなった宮田さんだけだろうから。だから――だからそのかわりに僕らは『友達』になろう」

不意にレイは起き上がると、しゃがんでいる僕の胸に、ぐいっと頭頂部を押しつけて来た。

「…………」

無言の仕草に、戸惑いを隠せずに菊香を見ると、彼女は微笑んで頷(うなず)いた。

僕の目から、ぼろりと大粒の涙が零(こぼ)れた。

「ほんと、すぐ泣いちゃうんだね」

菊香が笑った。

「うん、でも大丈夫——これは、嬉しい方の涙だから」

終

伯父さんの家を処分したくない僕は、それならレイと一緒に、そこで暮らそうと思った。

まわりとのこともあるし、心配も尽きないけれど、レイと一緒なら大丈夫な気がしたからだ。

彼女を連れて帰る事は、確かに衝動的な考えだった。

安易な決断だったかもしれない。僕はまた旭川を離れる人間だから。

でも、だからといって、無責任な事をするつもりはない僕は、決断したからには周囲を説得にかかろうと思った。

まさに揺るぎない、巌のような意志だった。

だのに、意外にも周囲の反応は、僕に協力的だった。

帰りの車内、僕が京都に戻っている間、菊香も若院さんも「うちで預かってもいいよ」と言ってくれた。

犬を飼うのにはお金がかかるけれど、僕が今働いていることもあるし、それに僕には一応、伯父さんが遺してくれた遺産がある。

犬の上手な飼い方は、菊香が教えてくれると言ってくれた。なんなら毎日一緒に散歩に行こうって。

後は望春さんや紫苑さんだ。

レイを飼うために、彼らのマンションを出ることを伝えると、紫苑さんの第一声は「えー」だった。

不満の塊のような声。

『べつに……犬ごと一緒に住んだらいいと思うんだけど』

電話越し、紫苑さんが溜息をつく。

「犬ごとって……これからはレイも一緒にお邪魔するってことですか？　え、でも、ペット可の所なのかわからないし、二人にも迷惑が――」

『可も何も、僕が所有するマンションなんだから、僕がよければいいんだよ別に』

「え？」

『それより、僕は人間の涙の標本しか持っていないんだ。犬の涙がどんな形なのか見てみたい。いいから連れておいでよ』

「はぁ……」

望春さんがなんというか心配だったけど、トントン拍子にマンションに連れて行っていい事になってしまった。

でも警戒心の強いレイが、紫苑さんに大人しく涙を採集されるだろうか？（ガブッとしちゃうんじゃないだろうか……）


仕事から戻って来て経緯を聞いた望春さんは、案の定あまりいい顔をしなかった。

命を預かるというのは、簡単な事ではないからだ。

それに今後も、同じような事はしていられないと、彼女は強く僕に言った——その上で、彼女は結局許してくれた。

望春さんに説明する間、椅子に腰掛けた僕の膝に、レイがずっと鼻先を預け、寄り添ってくれていたからだ。

（後で菊香に話したら、『青音が叱られてると思ったんだよ』と笑われた）


レイは人なつっこい子ではなかったし、とても利口だけど、とにかく頑固だった。

そしてなにより、とても綺麗な犬だ。

家で一緒に暮らすならと、まず病院とトリミングサロンに連れて行って、フワフワになって戻って来た彼女に、僕はすっかりめろめろになった。


動画で見る犬たちのように、ボールやぬいぐるみでは遊んでくれない。

撫(な)でるのも、彼女が望んでいない時に手を伸ばすと、怒ったように歯茎を見せたり、うーと低く唸(うな)ったりする。

特に紫苑さんとの仲は険悪で、彼が近くによると警戒するし、なんなら紫苑さんが僕に触れようとすると怒って吠える事もある。

でもその癖、独りを好んだり、思いついたように甘えて撫でられたがったり、本当に気まぐれだ。

レイが来てからも、僕は毎朝、大切な人に手を合わせ、お線香を上げた。

レイの黒い目は涙を流さない。

いつも泣くのは僕だ。

そんな時、きまってレイは僕に寄り添う。

僕は仏壇に上げる毎日のお供えを、二人分から四人分に増やすようになった。

第参話　海より来たりて

壱

　桜が春を告げる木なのだとしたら、僕はプラタナスに夏の深まりを感じる。

　冬の間、すっかり枝を落とされていた街路樹が、一気に手の平のような葉を広げる頃。

　向暑の折というには、既に暑い日が続く六月の終わり、僕は望春さんと遺品整理の依頼を受け、北海道旭川市神楽岡・緑が丘地区にあるプラタナス並木近くの、一軒の家を訪れていた。

　教会やお菓子屋さんの立ち並ぶ、異国めいた通りの雰囲気をそのまま映したような、その北欧風住宅は、旭川では少し小ぶりな方で、その代わり庭がゆったり広めに作られている。

　家を囲う白い塀には、蔦紅葉がまだ低い位置で、遠慮がちに彩りを添えていた。

　秋が来る頃にはもっともっと美しく塀を染めるのだろう。

　今日の作業を行うミュゲスタッフは、僕と望春さんだけだ。

　出迎えてくれたのはこの家の家主でもある、依頼人の砺波愛子さんで、まだ二十代前半と年齢は若いけれど、ふっくらとした頬が落ち着いた、穏やかな印象を与えてくれる。

　優しそうな女性で、亡くなったお父さんの、そして八年前に亡くなったお母さんの遺品を整理し、実家を引き払いたいという事だった。

「すみません。物が多いのも確かなんですが……父とはいえ男性なので、なんとなく私が片付けるのは悪い気がして」

　作業を始めてすぐに、砺波さんが僕を見て申し訳なさそうに言った。

　確かに家族とはいえ、異性の荷物を片付ける事に、抵抗や恥ずかしさを覚えるのはわかる。

　幸い僕は男だし、望春さんはこの道のプロだ。

「でも本当に助かります。私一人では、何十年かかっても片付け終わりそうにないし、ついつい中断してしまうんですよね」

　お陰で結局、母の荷物も片付いていない、と砺波さんが苦笑いする。

「わかります。僕も最近伯父（おじ）を亡くしたんですが、心身共に疲労しますし、一つ一つに思い出が溢（あふ）れてしまっているので」

「やっぱりそうですよね。だから残す物と処分する物の仕分けが、全然はかどらなくて」

　そう言って砺波さんは、書斎に溢れた父親の遺品を前に、盛大に溜息（ためいき）をついた。

「母の死は急だったので仕方ないんですけど……父にはもう少し、備えて欲しかったです――といっても、そういうまわりの細かいことを、考えられる人じゃなかったですが」

　まさにやれやれといった調子だ。

でもそう言いながらも、その優しい表情に、父親への確かな愛情が覗いている。

そしてそこにはあまり、湿っぽさを感じない。

やはり、『時間』が経過しているからだろうと思った。

彼女のお父さんは、丁度十一ヶ月前に亡くなったのだ。

勿論何年経っても、癒えない悲しみはあるだろう――例えば自ら命を絶った息子の為に、罪を犯そうとした女性がいたように。

でも今回は――なんというか、一種の清々しさというか、覚悟というか。

既に充分悲しんで、じくじく濡れた悲しみに、あたかも瘡蓋ができたような、そんな感じがする。

やがて瘡蓋は剝がれ、その悲しみは傷跡として心に残るが、少しずつ薄れていくのだろう。

僕もいつかはそうなるのだろうか。

「お荷物は、どのくらい残す事をお考えですか？」

「そうですね……この家も、研究用の寿都の家も、全て手放す予定なので――できる限りは。私のマンションも、そんなに荷物は置けませんし。とはいえ、全部捨ててしまうのも……」

ほとんど残す事は出来ない。けれど、残せる物はできるだけ残したい。

その瀬戸際で揺れる溜息を、砺波さんが洩らした。

今回は、けしてゴミ屋敷ではない。事前に砺波さんが清掃していたという事もあるが、ごく一般的な衛生観で、きちんと生活が営まれていた印象だ。

問題は、亡くなった父親の『収集癖』にあるのだろう。

僕らの中で所謂（いわゆる）『物屋敷』と呼ぶ、純粋に所有物の多い案件だった。

ゴミならまだ無心に捨てていけるけれど、今回扱うのはちゃんと一定の価値がある『物』なのだ。

ゴミ屋敷とはまた違う苦労と、そして時間のかかるタイプの仕事だった。

しかも今回は、道南寿都町にある別荘の整理も予定している。

予定は五日間、料金も普段より随分割高になってしまったが、それでも砺波さんは『今が片付けるタイミング』と割り切って、一気に片付ける事を決めたのだそうだ。

確かにわかる。

遺品整理は、何かきっかけがないと、なかなか進めていけないものだ。

「これでも少しは減ったんです。本や研究に関わるものは、父の研究仲間達が引き取ってくれたんですが、こうやって私生活や趣味の物はそのままで」

八畳ほどの書斎いっぱいに、荷物の入ったコンテナや段ボールが積まれた部屋を見て、砺波さんが言った。

砺波さんの父親は長年海洋研究に携わった学者さんだったのだ。

コンテナの一つを、砺波さんが棚からずるずると引きずり出した。

中には見た事もないキャラクターの人形や、壊れた玩具が入っている。正直ちょっと……それはゴミじゃないんですか？　と言いそうになる代物だ。

「ゴミ同然の、変な物だと思うでしょう？　これ、全部……漂着物なんです」

「漂着物？」

「はい、海に流れ着いた物なんですよ。これは父の研究区分で言えば――『外国からの漂着物（玩具）』みたいです」

と、コンテナに貼られたラベルを見ながら、砺波さんが言った。

「へえ……」

なるほど、海外の玩具か。

どうりで見たことがないし、有名キャラクターのパクりと思しきデザインの、ネズミの人形とかが入っている訳だ。

「まぁ……でも、正直『ゴミ』ですよね……」

そう砺波さんがボヤいた。

首だけのビニール人形や、足のもげたロボット、フレームしかない車の模型……どれも本当に状態が悪い。

「研究結果として残す必要があるもの、学術的価値のあるものは、全てもう持っていって貰っているので、後は私が必要か不要かなんです――なので、こういう物はどんどん捨てていこうと思ってるんですけど……」

そこまで言って、砺波さんは改めて何個ものコンテナを見上げ、溜息をついた。

それらはかなりの量で、驚かずにはいられない。

「こうやって海流に乗って、海に流れ着く物達は、社会情勢、環境問題などに密接に関わっていて、父は長い間日本中の海岸を回って、その漂着物の研究をしていたんです」

「へえ……すごい、面白い研究ですね」

こと、紫苑さんのような人もだけれど、何かの研究に打ち込む人というのは、やっぱり視点が違うものだ。

僕は純粋に、砺波さんのお父さんの研究に、興味が湧いた。

「こっちは綺麗ですね……これもですか？」

僕はデスクの横にある、何段もの引き出しの中の、綺麗な平べったい石の欠片について問うた。

少し曇ったような色の、緑や青や、茶色いいくつもの欠片たちだ。

「これはシーグラスです。ガラスが波に削られて、こんな風に丸く、優しくなるんです」

「あ、ガラスなんですか」

「そうです。ただのガラスではあるんですけど、この中では下手したら一番金銭的価値があるのかもって、相続コーディネーターの方が」

そう言って砺波さんは、望春さんを見た。

「あ、そうですね。佐怒賀の話では、昨今のDIYブームも相まって、インテリアやアクセサリー等の素材として、オークションサイトでよく取引されているそうです」

と、いっても、やはり元々がガラスなので、そう高額にはなりませんが……と望春さんが応えた。

でもかなりの量だ。大きさや色、形で丁寧に仕分けされたシーグラス達は、佐怒賀さんの言う通り、お金に換えることができる遺品なのだろう。

彼女は更に、別の引き出しを開けて見せた。

中には沢山の石がしまわれていた。

半透明でいかにも綺麗なものや、汚い色のもの、どう見ても『ザ・石』にしか見えないもの——そして透明だったり、一部が剣山のように尖ったりしているもの。

「所謂『鉱石』たちです。父は中でも、瑪瑙達が大好きで」

そう言って開けた引き出しには、濃淡のあるオレンジや黄色の、透明度のある石、更にそこに白い筋のようなものが入った石がぎっしりと詰まっている。

「もっとも、純度などは高くないですし、どちらも宝石としての価値は全くありません」

ふふ、と砺波さんが笑った。

「貴重な鉱石とか大きな鉱石や、他に動物の骨、化石などは幸い全て博物館の方に寄付できたので、もうその気になればゴミ、なんですけど……悩みますよね」

そう言って彼女はうーんと唸った。

「確かにそちらも、シーグラス同様欲しい方はいると聞いていますから、他の荷物の整理を優先しながら、ご決断されてはいかがでしょうか」

望春さんが助け船を出すように言うと、確かに、と砺波さんはほっと息を吐いた。

やっぱり今すぐ決断するのは難しかったんだろう。

それに、どうやら研究に関係ない荷物も沢山ありそうだ。

「元々収集癖があったんでしょうね……寿都の家は、幸いそう大きくない平屋なのですが、それでも物が多くて、すずらん社さんには本当に申し訳ないです……」

「お気になさらないでください。それに物にはひととなりが表れるものです。優しく、愛情深く、そして充実された毎日を送られたお父様のようにお見受けします」

そういった素敵な方の人生の締めくくりに携われる事は、我々にとって誇らしくも、喜ばしくもあるのだと望春さんは言った。

望春さんのよく好む言い回しだ。

大抵の依頼人は、『荷物が多い』『家族の物を片付ける事を手伝って貰う』『代理でやって貰う』といった事に、引け目を感じてしまうのだ。

僕も伯父さんの荷物を片付ける間、ずっと申し訳なさで一杯だったのでわかる。

とはいえ、望春さんの下で数件仕事をこなしてきてわかったけれど、正直そういった事はあまり気にならない。

勿論仕事が大変だとか、そういう感想がないと言えば嘘になるけれど、でもこれが僕らの仕事なのだ。

作業に対する苦労はあっても、だからといって故人やご遺族に対して、ネガティブな感情は覚えない。

割り切り方を覚えていくのかもしれないけれど。

勿論望春さんの言葉は、ご遺族には社交辞令のようにも感じられる部分はあるだろう。とはいえそれでも少しは気が晴れるにちがいない。

改めてほっとしたように、砺波さんが作業を始めた。

そうだ。

結局の所、僕らは作業がきちんと進んでいかない事の方が大変なのだから。

「海……の研究をされていたのに、住まいは旭川なんですね。移動が大変だったんじゃ？」

勿論寿都に別荘があると聞くから、両方を拠点にしていたのかもしれない。旭川は完全に内陸部で、海はどこも遠く距離がある。

むしろ旭川は川の街だ。

『海』というものに関係した印象が皆無なのに。

「そうですね、でも旭川なら、どこの海に行くにも拠点に出来るという理由もあったんですが、一番の理由は、ここが母の故郷だったからだと思います」

「ああ、成程……」

それを聞いて、僕はそれ以上は触れないように、少し不自然に口を噤んだ。北海道各地に道が延びている。

北海道の真ん中あたりに位置する旭川だ。距離がある……とはいえ、北海道各地に道が延びている。お陰で魚介類は、札幌で食べるより新鮮だったりもする。

そして妻の故郷ともなれば、ここに住もうという気になってもおかしくはないし、納得の答えだ。

特に砺波さんのお父さんは、とても愛妻家だったようだ。

なんとなく漠然とした印象だけれど、インテリアのかわいらしさや、そこで暮らす女性への配慮を感じる室内に、それを思う。

実際に彼は、妻を――砺波さんのお母さんを、心から愛していたんだろう。

「…………」

とはいえ、少し複雑な気分だ。

不用意なことを言わないように、事前に聞かされている。

砺波さんの両親は、正式な形の夫婦ではなかった。

砺波さんのお父さんには、東京に別の家庭があったのだ。

砺波さんは非嫡出子、つまり愛人の娘だった。

といっても、砺波さんのお父さんは、けして女性にだらしないタイプではなかった。

そして砺波さんに対しては、とてもよいお父さんだったと聞いている。

彼は元々本当に子供が大好きだった。

けれどそれ以上に研究を愛する人だった。

だからある日、幼い娘をつれて海に行き、そして見つけた漂着物に夢中になってしまった。

そうして——気がついた時、一緒だった筈の娘の姿は見つからず、数時間後海に沈んでいるのが発見されたそうだ。

彼はその事を心の底から悲しみ、悔いていたけれど、妻はけして夫を許さなかった。家庭を顧みずに、研究に打ち込んできた彼と奥さんの間に出来た溝は、どうしても埋まらず——やがて彼は家にはほとんど帰らなくなった。

そんな時、彼は砺波さんのお母さんと出会ったという。

既に亡くなったという奥さんは、亡くなる寸前まで砺波さんの父親を憎み、彼を絶対に幸せにはしないという、強い決意の下、頑なに離婚に応じてくれなかったそうだ。

——だから砺波さんは、遺産相続の事で継兄二人とは、全く争わなかったの。

遺品整理に向かう前、昨年相続コーディネーターとして、砺波さんのお父さんの遺産について携わった佐怒賀さんが物憂げに言っていた。

彼女の話では、砺波さんに遺されたのは、父が晩年暮らしていた旭川の家と、研究用に所有した、寿都の家――といっても、ほとんど物置のような、小さな平屋――だけで、金銭的な価値の高い遺産は全て、二人の嫡子に遺されていた。

家だけでも充分……と砺波さんは言うけれど、継兄達が受け取っている遺産は、桁が一桁違うらしい。

だけど砺波さんは、遺留分を――つまり娘として、継兄達と同じように遺産を正当に受けとる権利があった。

だのに彼女は遺言通りにし、そしてこの家も遺品整理後売りに出し、金額によっては更に継兄達にも分けるつもりらしい。

そこまでする必要はないという佐怒賀さんの助言にも、砺波さんの意志は堅かった。

『私が父を、継兄達から奪ったんです。父は私を愛してくれた――それだけで充分です。せめてお金は継兄達が受け取るべきです』

彼女は両親の事を愛しているけれど、同時に二人の行動が奥さん達に対して、誠実なものであったとは思えなかったのだ。

それに父親も、息子達に対する後ろめたさや、子供達で争うような状況になって欲しくなくて、その配分の遺言にしたんだろうと。

……でも、大事に思っていた娘さんに、そこまで何もないのは違和感があると、佐怒賀さんは考えていた。

一つ気になったのは、遺言に書かれていた奇妙な一文だ。

『北海道の家の遺品整理、並びに家屋の処分は死後半年以降、一年以内に行うこと』

勿論時間が解決してくれる事もある。晩年父親の看護をしたのも砺波さん一人だ。すぐに何もかも片付けろというのは、既に成人して仕事をしている彼女にとって、大きな負担になるだろう。

そういう状況を鑑みての『半年後から一年』という猶予かもしれないけれど、佐怒賀さんにはもう一つだけ考えがあった。

遺産の遺留分の請求は、一年以内と定められているのだ。

もしかしたら、遺品整理の最中に、砺波さんの気が変わるような『何か』が遺されているかもしれないと、佐怒賀さんは思っているのだ。

だから僕らは不用品を片付けるだけでなく、砺波さんの気が変わるかもしれない何かを、慎重に探し出すように言われていた。

物にはその持ち主の人生だけでなく、時に大事なメッセージが込められていることがある。

些細なメモ一枚に、大切な言葉が遺っていた事が過去にあったと、望春さんも言っていた。

廃品整理業者と、遺品整理士、大きな違いはそこなのだ。

僕らは遺された物をただの『ゴミ』や『不用品』として扱わない。

それはすべて故人にとって、そして遺族にとっても『遺品』なのだから。


お父さんの書斎の整理が、難航を極めるのは明らかだった。

だから僕らは先に、リビングやキッチン、お母さんの寝室など、比較的片付けやすい部屋から優先的に整理を始めた。

砺波さんはお母さんが亡くなられてから、実家を出て一人暮らしをされている。

食器や調理器具、リネン等、家事や生活に必要な物、大切な物は既に持っていったそうなので、こちらは確認だけで、比較的簡単に整理を進められたからだ。

お陰で初日は本当に順調に片付いた。

思い出は様々な物に残されてはいたけれど、それでも十一ヶ月という時間が、砺波さんの心に、それを受け止めるだけの余裕を生んでいたんだろう。

依頼人の悲しみの中で行う遺品整理は辛い。

でも今日は、もう少し穏やかに、砺波さんの思い出に触れながらの作業になった。

二日目は本格的に、お父さんの書斎の片付けになったので、それはもう困難を極めた。

研究関係の物も多かったけれど、お父さんも伯父さんのように趣味人で、収集癖があったらしい。

僕はそんな砺波さんのお父さんの研究に少し、いや結構興味を惹かれていた。

昔家族で海に行って、弟達とよく競うように綺麗な貝を探した。

砂浜の砂利の中に、確かに時々綺麗な石——今思えば、シーグラスの欠片なのかもしれない——があった。

そういうものを拾い集めては、伯母さんや母さんにプレゼントをしたものだった。

あの時、決まって宝探しみたいにわくわくした。

確かにこれは全て、宝石としての価値はない、ただ少し綺麗なだけの石だとしても——その一個ずつを眺めていると楽しい。

一つ一つ形も、色も、質感も違う。透明度も——いったい何処で生まれて、どれだけの時間波に洗われた石なんだろう？　そんな想像をするだけで、じわっと湧き上がる感動に目が潤んだ。

そんな事を考えると、この他愛ない石達が、面白くてたまらないのだ。

「お好きなら、いくつか持って行かれますか？」

「え？」

うっかり手が止っていたのか、それとも僕のワクワクが、よっぽどダダ洩れしてしまっていたのか、くすくす笑いで砺波さんが言った。

慌てて望春さんを見ると、彼女は何か言いたげに目を細めた——大丈夫、わかってますよ。

「あ……嬉しいですが、社の規定で、ご依頼主様からは作業料以外は何も頂かない決まりになっているんです。僕らは時には貴重品などにも触れる立場ですので」

内心とっても嬉しかったけれど、それでも僕は丁重にお断りをした。

僕らは依頼を受け、『他者が日常を営んでいた場所』を『代理で清掃』する。

その為、ミュゲ社ではご依頼主を守るいくつかのルールが定められている。

中でも、金品、物品のやりとりは、固く禁じられているのだ。

『遺品整理士』という仕事が出来る前、その作業を受け持っていたのは、廃品整理業者の人達だ。

勿論良心的な仕事をしている業者もたくさんいるが、そうじゃない人達もいた。

その価値を隠したり、ゴミだと言って持ちだした物を、陰で売りさばいたりするような悪事が横行していた事に憂いた人達によって、故人と遺族を護る為に生まれたのが『遺品整理士』なのだ。

「ほとんど価値なんてない物ですし、この通り沢山あるので、私この大部分を処分してしまうでしょう。でもこれは全て父が海の中から、心惹かれて拾い上げた物です……もし誰かが気に入って、手元に残してくれたなら、私も、そしてきっと父も嬉しいと思うんです」

けれど砺波さんが、更にそんな風に僕に勧めてくれた。思わず望春さんを見ると、彼女も困ったように、少しだけ眉間に皺を寄せている。

「あの……」

こんな風に勧められてしまうと、ちょっと断りにくい。

困っていると、望春さんが間に入ってくれた。

「私共は、たとえ一円玉一枚でも、ご遺族様にお渡しするのが生業です。値段ではないのです——ですが、そう仰っていただけるなら、一つだけ」

「え？　いいんですか？」

思わず嬉しさに声が弾む。

そんな僕を、望春さんは窘めるようにちょっと睨んだ。

とはいえ、彼女もここで固辞するのも角が立つと思ったんだろう。

砺波さんは嬉しそうに笑って、どれにします？　と、鉱石達の入った引き出しを、次々に開けて見せてくれた。

まったく本当に、どれをとっても同じもののない石達——これは悩ましい。

「海で見つけた石達は、濡れた時にその美しさがわかるんですよ」

そう言って、悩んでいた僕に、砺波さんが水の入ったグラスを持ってきてくれた。

試しに一つ、とぽん、と中に落としてみると、確かに全体的に白く霞んでいた石は、濡れると一層透明度を増して、綺麗に輝き始めた。

こうなると、さらにどれも綺麗で困ってしまう。

悩んだ末、僕は親指の爪ぐらいの、淡い色で、丸くて、とろんとすべすべに磨かれた石を選んだ。

それは先端が少しだけ細くなって、所謂『涙滴型』をしていて——そう、まさに涙のようだったからだ。

「嬉しいです、大切にします——でも、改めてすごいですね、海に、こんな石や化石が落ちているなんて」

それを根気よく、何年、何十年とかけて、砺波さんのお父さんは拾い集めたのだ。

「僕、出身は札幌なので、石狩浜や小樽には、毎年夏休みなんかに行っていたんですけど、せいぜい見つかるのは貝ばっかりでした」

「そうですね……ただ、石狩は断層があるので、場所によっては瑪瑙や化石が見つかるはずですよ」

「へ？　そうなんですか？」

驚いてスマホで調べてみると、確かに石狩の方で化石なんかが見つかったりするらしい。何度も行っている場所なのに、知ろうとしなければ、わからないという事か。

「でも……実は私も話に聞くだけで、実際はした事ないんですよ。ビーチコーミング——漂着物探しは」

「え、そうなんですか？」

「一度我が子を亡くしたからでしょうね、父は私を水辺には連れて行きたがらなかったんです」

研究の合間、お父さんは沢山遊びに連れて行ってくれたそうだけれど、頑なに海には連れて行ってくれなかったそうだ。

「それに、十代の頃は反抗期だったり、どうしても両親を許せなかったりした時期があったので」

「ああ……」

海でゴミ同然の物を拾い集めてくる父に、当時は理解を寄せる事は出来なかったし、今でこそ親への愛や感謝も口に出来るけれど——数年前は無理だったと、砺波さんは寂しげに視線を落とした。

「……でも、今思えば、大人になってから一度だけでも、父と一緒に海を歩いてみたかったと思います」

私もビーチコーミング、してみたかった——オレンジ色の石を、愛おしげに手の平で撫でてから、砺波さんはそっとグラスの中にそれを落とした。

カチャン、と微かな音がして、まるで涙を流すように、グラスの縁を水滴が滑った。

弐

残念ながら二日間では、砺波さんの家は片付かなかったけれど、スケジュールの都合上、明日は寿都の方で作業をしなければいけない。

今日も疲れた。でも砺波家での作業は、今までになく楽しい。

達成感や安堵——良かったとほっとする事はあっても、作業自体が楽しいのは初めてだ。

お陰でこの二日間、紫苑さんの『診察』は必要なかった。

昨日はそんな僕に塩対応の紫苑さんだった。二日続けて涙を僕から採集できない事に、今日はちょっとスネてるみたいだ。

夕食後、まったりとした時間に僕が動画サイトを見ていると、ソファから『ウー』というレイの声がして、慌てて振り向く。

ソファで丸くなって眠っているレイに、紫苑さんがまたちょっかいをかけていたようだ。

「また怒られますよ」

レイと紫苑さんの関係は険悪だ。

というより、レイが一方的に紫苑さんを拒んでいるという方が正しいか。

それなのに紫苑さんは、こりずにレイに手を出しては、何度も唸られ、時には噛まれそうになっている。

「全然泣かないじゃないか」

せっかく飼ってやってるのに……と言って、紫苑さんが本当に懲りずに、ぴっ！と

レイの両耳の先っぽを摑んだ。

「ううう……」

レイが低く低く唸った。

表情は淡々としているけれど、『私にこれ以上触ったら、容赦いたしませぬ』という、無言の圧力というか、静かな怒りを感じる。

「だからって、そうやって嫌な事とかしないであげてくださいよ。レイが嫌がってるじゃないですか」

「心配無いよ。怒っているし、すぐ嚙むフリはするけれど、実際は威嚇だけだ。この子は賢いから、人間を傷つけてはいけないとわかっているんだ」

「だったら余計やめてあげてくださいよ」

まったく、可哀相にも程があるじゃないか。

とはいえ、紫苑さんの言う通り、レイはいつだって威嚇だけで、本当に僕らを——たとえ紫苑さんであっても——傷つける事はなかった。

そんな忍耐強いレイに甘えるように、紫苑さんはレイのほっぺたの、もっちりした肉の所を、両手でむにむにした。

レイは鼻の頭に皺を寄せつつ、静かに怒りゲージを貯めている——もういっそ、一回嚙んでやればいいのに。

「……もしかして紫苑さん、犬、好きなんですか？」

「え？」

僕に指摘されて、紫苑さんが不思議そうに目を丸くした。

「好きならちゃんと可愛がればいいのに」

「………」

むにむに、むにむに。

「いや、だからそういうのやめてあげてくださいってば」

言われて仕方なくという風に、紫苑さんがぱっと手を離すと、レイが慌てて僕の所に逃げて来た。

「ねえ？　普通に撫でてくれたらいいのにね」

『さもありなん』と言うように、フスーとレイが溜息を洩らしつつ、僕の膝に顎を乗せてきたので、それを軽く撫でてから、僕は動画サイトを参考に、標本箱を作り始めた。

と、いっても、百均で買った木箱なんかを組み合わせて作る、簡単なものだけど。

乾いてしまった鉱石は、また曇った色に戻ってしまっている。

「……何をしてるの？」

磨いたりして、なんとか出来ないんだろうか？　と、水入りのグラスに入れたり、その水で擦ってみたりしていると、不思議そうに紫苑さんがのぞき込んできた。

「あ……これ乾いている時はくすんだ色なんですけど、濡れたら本当に綺麗で。海で拾った石らしいんですよ」

「つるつるに見えても、表面に細かい凹凸があるんだ。乾いた状態では、そのせいで光が乱反射し、くすんで見える。だから濡れた状態が本来の姿なんだ」

「へー」

「その凹凸を綺麗に研磨してあげるか、透明ラッカーを吹いてやれば、綺麗なままの状態になるよ」

なるほど、つまり鏡面効果か。原理がわかれば簡単な事だ。

それならなんとなく手軽に済んでしまうラッカーより、自分で丁寧に磨きたいと思った。

なんだかそういう、『石のお世話』みたいなものをしたら、余計に愛着が湧くだろう。

「綺麗だね。玉髄、石英の一種だ。日本海側でよく見つかる」

石を削るには、どんな道具が必要なんだろう？　さっそく動画がないか調べていると、紫苑さんが僕の涙型の石を見ながら言った。

「…………」

「……何？」

「いえ……紫苑さん、鉱石とか詳しいんだって思って」

そういえば涙の結晶を集めているくらいだ。こういった物全般が好きなのかもしれない。

けれど紫苑さんは少し物憂げに――そう、今まで見たことのない表情で僕を見てから、指先を濡らし、石の入ったグラスの縁をそっと撫でた。

「……昔、友人とよく海を歩いたんだ」

「海……じゃあ紫苑さんも石拾いを？」

「僕はあくまで付き添いや手伝いだったけどね。友人は絵画の下地に、リン酸カルシウムと貝の粉末を使っていたんだ」

「下地に？　あ……それって！」

思わず身を乗り出してしまうと、勢い余ってグラスが倒れそうになった。レイも急に僕が動いたのに驚いたのか、迷惑そうにソファに戻ってしまった。

「すみません、もしかしてあの戴いた絵の画家さんかと思って……」

母によく似た女性の絵を描いた人——調べてもよくわからない『清白』という画家だ。

でもその質問に、紫苑さんは応えてくれなかった。

目を細めるだけで——否定も肯定もしてくれなかった。

「本来はあまり、油絵の下地に使われるものではないらしいんだけれどね。彼の話では、そうすると絵の具がくすみ、そして絵が劣化しやすくなる……彼は絵画も生物のように老いて朽ちる事を好んでいたんだ。醜悪な生命とその終焉こそが、彼の絵のテーマだった」

「終焉……じゃあ、あの絵も？」

思わずこくん、と不安に喉が鳴った——だってあの絵が、いつか劣化して、形を変えてしまうなんて。

「…………」

紫苑さんは、そんな僕を目を細めたまま見ていた。

まるで何かに悩んでいるような、そんな風にも見えて——そして彼は、諦めたように
ふ、と息を吐いた。

「……あの絵はわからない。あれはきっと……本当に特別なものだ。だから彼につきま
とうハエみたいな連中達じゃなく、彼は僕に遺したんだ」

ハエ……？　つまり、その画家さんの、熱狂的なファンだとか、そういうことだろう
か？

「あ……じゃあそんな大切なものを、本当に僕なんかが戴いて良かったんでしょうか」

紫苑さんが『友人』と呼ぶ人は、きっとそう多くないだろう。

そんな彼が友と慕う人が遺した、特別な絵を。

「やっぱりお返しします。そんな作品貰えませんよ！」

「いいんだ」

慌てて部屋に絵を取りに行こうと、椅子から立ち上がった僕を、紫苑さんが制した。

ソファのレイが無関心を装いつつも、しっかり片目で僕らを見ている。

「でも……」

「何度も言うけど、僕が一番大切なのは、君だよ青音」

テーブルに頬杖を突き、紫苑さんが僕の目をまっすぐ見上げる。

「………」

僕は頬が、耳まで熱くなるのを覚えた。

とはいえ最近会ったばかりの人に——正確には、幼い頃はずっと恐れていた人に——そんな風に言われて、素直に「わかりました」と納得出来るだろうか？

でも、同時に彼が本当に僕を——僕の『涙』を、必要としているのは確かだ。

「じゃあ……かわりに、大事にします。紫苑さんの分も」

「うん。わかってる」

そこまで言うと、紫苑さんは席を立った。

僕は作業を再開しようと、涙型の玉髄を見て、そしてふと気がついた。

「あの、じゃあ……紫苑さんもやったことあるんですよね、えと、なんだっけビーチ……
……」

「ビーチコーミング？」

「あ、それです！」

そうだ、それだ、砺波さんが言っていた、漂着物拾い。

「海辺を櫛（くし）にかけるように浚（さら）うから、beach combing なんだ。ビーチコーマーは、昔はあまり良い意味ではなかったようだけど、今はこれも立派な趣味の一つだよ。海には貝や鉱石、化石の他にも、動物の骨——頭蓋骨（ずがいこつ）や、時には生物の死骸（しがい）も上がる」

「死骸……」

化石ならともかく、さすがに死骸は見つけたくないな……。

「……あの、紫苑さんは明日は診察はありますか？」

「どうして？」

「その……明日、依頼人の方と寿都の方で遺品整理をするんです。でも彼女、いままで一度もそのビーチコーミングをしたことないそうなんですよ。だからもし可能なら、遺品整理作業の前に、少しだけ出来ないかと思って」

「僕と？」

「はい。他に経験者はいないと思うので……」

「…………」

そんな僕のお願いに、紫苑さんは少し首を傾けるようにして思案していた。

「……そうか、寿都か――いいね」

そして彼は何か思いついたように呟いて、ふわっと微笑んだ。

「紫苑さん？」

「だって寿都は、牡蠣が美味しいんだよ。青音は牡蠣は好き？」

「え？　あ……牡蠣は、牡蠣フライしか……」

「だったら牡蠣小屋に行こうよ。うーん、もう少し早かったら、生のしらす丼が食べられたんだけどな」

意外にも食いしん坊な理由が返ってきた。牡蠣に生しらす――食べ慣れない物ではあるけれど、確かに美味しいなら僕も食べてみたい。

「明日の干潮時刻は──九時半頃か。丁度大潮だね……そして今日は波が高いな……いいね、風向きも丁度いい」

紫苑さんはすっかりその気になったようで、スマホで何やら調べ始めた。

「やっぱり潮の引いている時間がいいんですね？」

「うん。一般的にビーチコーミングは、前日海が荒れた日の朝、干潮時、中でも満月や新月に近い大潮の時がいい」

どうやら、ベストタイミング、という感じだ。

「旭川から寿都までは、車で四時間くらいだ。出発時間を何時間か早めていいなら。その依頼人と、後は姉さんに確認しておいで。僕はだれかと一緒でなければ、この部屋から出てはいけないルールだ」

「わ……わかりました。聞いてみます」

本当の事を言えば、その『ルール』がいったい何なのか、誰が決めたことなのか、理由はどうしてなのか──それを聞きたかった。

けれど今は、ビーチコーミングの方が最優先だ。紫苑さんの気が変わる前に。

急いでまず、望春さんに聞いた。

彼女は少し──というには長い時間、腕を組んで悩んで、そして「砺波さん次第ね」と言った。

彼女がそうしたいと言うなら、朝に、一時間くらいであれば、遺品整理の作業に影響も出ないだろうと。

あとは砺波さん次第だ――。

『本当ですか!? 是非! 行きたいです!』

心配するまでもなかった。

望春さんが確認の電話をすると、砺波さんは受話器からその声が漏れ聞こえるくらいの音量で、わあっと歓声を上げた。

参

旭川から寿都まではほぼ四時間。

僕らは朝五時に、旭川を発った。

朝早い時間の出発は、なんだか子供の頃の夏休みみたいで、ちょっとわくわくする。

札幌から小樽に行き、そのまま余市経由で国道5号線を南下する。

そこそこの距離だし、山あり海ありの道なりは、流れる風景も楽しいけれど、とはいえ早朝だ。

高速のサービスエリアも、道の駅なんかもまだ開いていないので、ちょっとしたトイレ休憩を挟むくらいで、移動はあっという間だった。

正確には、僕は夕べちょっとわくわくして眠れなくて、そのせいか車の中でついついウトウトしてしまったのだった。

昨日は雨こそ降らないまでも曇天で肌寒く、とても風が強かった。

でも今日は、前日の全道的に荒れた天気が一転して、気温もぐっと高くなるそうだ。

車の窓ガラス越しの日差しが、寝てる間に頬をちりちりと焼いていたのがわかる。

空はもう完全に、真夏の太陽だ。

やがて車は峠や田園風景を抜け、海岸線が戻ってきた。

日本海追分ソーランラインを進み、岩内から寿都を目指す。

こっちの方の海は、まるで海外のリゾート写真で見るような、美しい紺碧だ。

そういえば、義経伝説が残っているのも、確かこっちの方だ。

調べてみると、弁慶の刀掛岩なんてものもあるらしい。

この辺りの海岸線沿いは、不思議な形の岩が立ち並んでいる。

そうして岩内を抜け、蘭越を過ぎ、予定よりも少し早く、寿都の町に入った。

緩やかに湾曲した地形だからか、遠く、霞むように、何台もの巨大な風車が並んでいるのが見える。

「風力発電の風車って……綺麗ですよね」

近くに寄れば、それは間違いなく巨大な人工物で、自然の景観を壊す気がするけれど、こうやって離れて、青空と海と一緒に眺める風車は、なんだか不思議と幻想的にすら感じられる。

「ダムとかも、おっきくて格好いいわよね」

眩しさを避けるためにか、サングラスをした望春さんが、ハンドルを片手に言った。

「姉さんは、昔から大きな物が好きだからね、恐竜とか。旭山でもキリンから離れないし」

助手席の紫苑さんが、ふふっと笑うように言った。

「別にそれだけじゃないわよ。ほら、旭岳に行く途中の忠別ダム、秋はダム湖と紅葉の風景が見事だし、夕張の川端ダムとか、夜に道東道を走ってると、ライトアップされていてとても綺麗よ」

それは確かに綺麗だろう……望春さん、恐竜とかキリンが好きなんだ。

紫苑さんは笑っていたが、そういう『巨大建造物』や『巨大生物』に対するロマンはわかる。

なんだかんだいって、僕だって恐竜とキリンが好きだ。ゾウとか、カバとか、シロクマとかも。

そんな話をしているうちに、車は待ち合わせ場所の道の駅、『みなとま～れ寿都』にたどり着いた。

まだオープンしていない道の駅の駐車場で、先に着いていた砺波さんに挨拶をすると、彼女は今までより一層はつらつと、「いい天気になりましたね！」と笑った。

本当にそうだ。

あまり風が強い中、海岸を歩くのは危険だし、雨も気が滅入る。

突然の計画だったけれど、今日はまるでおあつらえ向きって感じの天気、そして海だった。

寿都での作業は一日で終わらせる予定だ。なので、あまり長い時間海岸は歩けない。だから三十分くらい、さらっと海岸で、漂着物を拾うことにして、僕らは海岸へ向かった。

道の駅から海岸線沿いに更に少し南下した所だ。

今日は暑くなると聞いて、みんな軽装ではあったものの、怪我をしないように足下は濡れてもいいスニーカーと、手元は軍手でしっかりガードしている。

漂着物で怪我をする事もあるし、時々危険な有害生物がいる事もあるからだ。

海から吹く風は気持ちがいいけれど、日差しは強い。帽子もちゃんと被ってきて良かった。

車を降りると、濃い、海の匂いがする。

砂浜に降りてすぐ、汚れた発泡スチロールや、砂だらけの靴、大きめの流木が目に付いた。

「浜辺は二つに分けられるんだ。昨日のような暴浪の時に波を受ける後浜と、波の洗う前浜。大きな物、重い物は後浜、石や貝は、今のような潮の引いている時に、前浜を探すといい」

紫苑さんが言った。

「この、海藻や砂利の溜(た)まっている所ですか？」

言われるままに波打ち際に近づくと、確かに落ちている物が小さく細かくなっていく。前浜は石ころの他に流木や木くず、海藻なんかが砂浜に打ち上げられていた。細長い、青いプラスティックのスティックを拾うと、紫苑さんに「『浮き』だよ」と言われた。

この形の細長い浮きは、北海道の漁特有のものなんだそうだ。

「あ！」

僕の横を歩いていた砺波さんが、小さな声をあげて駆けだした。

何かと思えば、彼女の手にはげんこつ大のまんまるいガラスの浮きが握られていた。

いっぱい気泡が入っていて、海のような綺麗な色だ。

「こういう綺麗な浮き玉は、ビーチコーマーの憧(あこが)れなんだって父が言ってたんです！父だったら、どこの地域、どこの工房で作られた浮きなのかとか、そういう事もわかる筈(はず)なんですけど！」

興奮気味に教えてくれる姿に、僕は不意に目の奥がぎゅっと熱くなった。

目をキラキラさせて言う砺波さんの後ろに、彼女の父親の存在を垣間見た気がしたからだ。

でも本当に嬉しそうで、僕は今日、無理を言ってでもビーチコーミングに来て良かったと思った。

「すっごい綺麗……私も探そう。おっきい化石とか」

僕の後で、望春さんがフンス、と鼻を鳴らした。

「おっきい化石はここじゃ無理だよ、姉さん」

やっぱ『おっきい』のがいいんだと、村雨姉弟の会話を聞きながら、僕も波間の砂利を眺めた。

ぱっと見、石の落ちてる砂浜……というだけだけれど、よく目をこらしてみると、その石の中に青いガラスの欠片が見えた。

シーグラスだ。

小指の爪ほどの綺麗な粒。拾おうとして屈むと、更に二つ、三つと砂の中にシーグラスが落ちている。

他にも牡蠣の殻や、穴の空いた名前を知らない巻き貝も――そして。

「ん？……なんだこれ」

拾い上げたのは白い貝だ。

平べったくて、謎の文様が入っている。

「多分……ハスノハカシパンですね。サンドダラーともいいます」

「カシパン？」

謎の貝を手に首をひねっていると、どうやらもう一つ浮き玉を見つけたらしい砺波さんが、ふふふ、と笑った。

「カシパン科の外骨格です。ウニの仲間の」

「ウニの仲間なんですか？　ヒトデじゃなく？」

「同じ棘皮（きょくひ）動物門だけど、これはウニだね」

そう言って紫苑さんがスマホで画像を見せてくれた。

ウニ……確かに表面は短い棘（とげ）に覆われていて、ウニに似ているけど……でも一番は潰（つぶ）れたアンパンって感じだ。

「あ……だからカシパンか、あはは、面白くて可愛いですね」

「ウニ達棘皮動物も、石やガラスのように、波で棘を洗われてしまうんですよ。丸くて残った不思議な模様が可愛いから、私も大好きです」

なるほど、この不思議な文様は、もともと棘が生えてた痕だって事か。

他にもガラスではなく、シーグラスのように角の取れた、白地に青い模様の陶器片なんかも見つけた。

目が慣れてくると、どんどん、どんどん砂や石の中に落ちている、面白い物が見えてくる。

気がつけば浜辺に目をこらし、みんなそれぞれの『宝物探し』に夢中になっていた。

……やばい。ビーチコーミング、想像の百倍くらい楽しい。

「…………」

濃いオレンジ色の、透明な欠片を拾い上げると、紫苑さんだけは砂浜ではなく、物憂げに遠く海を見つめているのが目に入った。

ふと思った。

紫苑さんも思い出に浸って、悲しくなったりする事があるんだろうか……。

「青音」

そんな事を思いながら、その整った横顔を見つめていると、僕の視線に気がついた紫苑さんが、ぱっと笑った。

「おいで、あげるよ」

見てはいけないものを見てしまったような気がしていた僕は、何故だかほっとして、紫苑さんに駆け寄った。

慣れない砂場を歩いているせいで、ふくらはぎに乳酸が溜まっている。

「なんですか？」

「プレゼント」

そう言って、彼が手を出すように言ったので、言われるままに差し出すと、ぽとんと、白い石のような物が落とされた。

「これは？」

「歯だね」

「は？」

「多分犬の歯だ。青音は犬が好きでしょう？」

「ひえっ」

思わず手を引っ込めると、砂浜に落ちて転がり、それを波が攫ってしまった。

「あはは、冗談だよ。はい、瑪瑙」

そう笑って、彼は乳白色の縞が入った、オレンジ色の透明な石を手渡してきた。

「あ、僕も拾ったんです。これ、色の濃いやつ。でも軽いし、シーグラスかも」

「どれ？」

「これなんですけど……」

オレンジ色の石を渡すと、紫苑さんはふむ、と鼻を鳴らした。

「手っ取り早く瑪瑙かガラスか知りたいときは、シーグラスで擦ればいい。瑪瑙は硬いから、シーグラスが削れる」

硬度の違いか、なるほど。

「それで、やっぱりガラスですか？」

「いや……」

そう呟くと、彼は砂浜に小さな穴を掘り、その中に手で掬った海水を入れる。

「？」

何をしているんだろうと思う僕をよそに、彼はその穴の中に僕の拾った石を入れた。

「あ……浮いた」

それは驚いたことに、海水の中でわずかに浮き上がったのだった。

「海水より比重が軽い……これは多分、コーパルだね」

「コーパル？」

「樹脂の化石だよ。琥珀に似ているけれど、琥珀よりも年代が若いんだ。琥珀は数百万年から数千万年前の樹脂の化石で、コーパルは十万年くらい前。琥珀より価値は下がるけど、お香としても使われているよ」

「え？　燃えるんですか？」

「元は樹脂だからね。古代マヤ、アステカ文明においては、祝福と浄化のお香だ」

「へえ……紫苑さん、本当に詳しいんですね」

琥珀よりも価値が下がると聞いて、ちょっと残念なような気もしたけれど、でもそれ以上に驚いたのは、紫苑さんの博識さだった。

びっくりしている僕に、紫苑さんは微笑んだ。

「……全部友人の受け売りだよ。僕が物事に興味を持たず、あまりにも無知だったから、彼は面白がって、僕になんでも教えてくれたんだ。彼は僕の友人であり、指導者でもあったんだ」

「へえ……優しい、本当にいいお友達だったんですね」

そう言った僕に、彼はびっくりするほどおかしそうに、声を上げて笑った。

「え？」

「ああいや、そうだね。確かに……僕にはね、ふふふ」

さも面白くて堪らないというように、笑いをかみ殺しながら言う。

僕はそんな面白い事を言っただろうか……？

そんな僕らの所に、白い鉱石——石英とか、色の薄い瑪瑙だそうだ——を集めた望春さんが、ちょっとドヤ顔でやってきた。

気がつけばもう三十分経っていたようだ。

そろそろ砺波さんのお父さんの別荘に行って、その遺品の整理をしなくてはならない。

だけど初めてのビーチコーミングは、びっくりするほど楽しかった。

できることなら、もっと続けたかったし、それは砺波さんも同じのようだ。

「こんな事なら……やっぱり父と一緒に歩きたかったです」

「じゃあ……また今度一緒に来ましょうよ。石狩の方とか、別の海にも」

「そうですね！　是非！」

そう笑顔で応えてくれたものの、やっぱりこの砂浜が名残り惜しいらしく、砺波さんはもう一度だけ足を止め、波打ち際を数秒眺めた。でもすぐに彼女は車に向かって歩き出した。

……絶対に、僕もまた来よう。

そう心に誓った僕は、潮風に強く後ろ髪を引かれつつ、浜辺を後にした。

肆

寿都町の中心部に戻り、そこから車で五分ほどの所にある、砺波さんのお父さんの別荘に移動した。

「僕……もう疲れちゃったから寝たい」

車を駐めると、紫苑さんはすっかり疲労困憊というように言って、助手席の座面を後ろに倒した。

「普段家から出ないんだし、仕方ないわね。いいわ、ゆっくり休んでいて」

望春さんが苦笑いする。

確かに短時間でも、砂浜を歩くのって疲れる。

後ろの席にあったフリースを手渡すと、紫苑さんはもぞもぞ暗闇を求めるように潜り込んで、身体を丸めて寝始めた。

紫苑さんはどうやら、丸くなって眠る習性があるらしい。

レイみたいだ……と思いながら、僕は望春さんと一緒に、玄関へと向かった。

既に砺波さんは部屋の中だった。

お父さんの別荘はログハウス風で、部屋数は2LDKとコンパクトな作りだった。

とはいえ、部屋は広く、雑多な物が色々な所に押し込まれている感じだ。

見積もりの際の画像で、僕もなんとなく確認はしていたけれど、散らかしっぱなしではないが、掃除は得意じゃないという印象だ。

単純に物が多いのかもしれない。

砺波さんもお父さんが亡くなってから、来るのは三回目。

旭川の家のように掃除をしてあった訳ではないうえ、研究仲間が荷物を運び出して、そのままの状態なので、掃除をしながら、荷物の整理をしていかなければならない。

「じゃあ、始めましょうか」

望春さんが景気づけのように言った。

「あの……その前に、一つ、いいですか？　実はずっと、気になっていることがあるんです」

そんな望春さんに、おずおずと砺波さんが問うた。

「なんでしょう？」

砺波さんはまだ少し戸惑いながらも、『なんでも仰（おっしゃ）ってください』と望春さんに促され、深呼吸をひとつした。

「父なんですが……亡くなる一週間くらい前に、ちょっとおかしな事を言っていたんです。『私が死んだら、半年後に寿都に行きなさい――天使の涙の声を聞くんだ。お前のことは、今度こそ海が助けてくれる』って」

天使の涙――なんて、紫苑さんの好きそうなフレーズだけれど、寿都といい、海や水に関係ある事なんだろうか？

「遺言でも遺品整理は半年後……という事でしたね」

「はい。でも半年後にここに来ても、結局何も見つかりませんでした」

望春さんの質問に彼女は頷いてから、主のいない家を見回した。

「他に、何か思い当たることは？」

「『今度こそ』と言うからには、父は何らかの覚悟をしていたというか、冗談ではなく真剣な言葉だったと思うんです。そして天使……という事は、海で死んでしまった姉に何か関係あるのかとも思ったんですが……」

そう言って、砺波さんはもう一度深く息を吐いた。

「……父が海で失った子供の名前は藍子――私と同じ音なんです。きっと父は私の事を、死んでしまった姉の生まれ変わりのように考えていたんだと思います――いえ、勿論そういう超自然的な盲信じゃありません。そうではなくて……彼自身のやり直しでしょうか」

子供の頃は、父はただ過保護で、子煩悩なだけの人だと思っていた。

けれど実際はそれだけではなかったのだと、砺波さんは寂しげに言った。

「娘の死を無かったことになんて出来ないのに、それでも父はずっと私が『あいこ』で、今も元気で生きていると思いたかったのだと思います。だから父の遺品の中から、姉に纏(まつ)わる物は、今のところ何も見つけられないでいるんです」

自分の不注意で失ってしまった命を、取り戻す事は出来ない。

それでも悲しみや、罪悪感を埋めるために、砺波さんの父親は、かわりに彼女を溺愛(できあい)した。他の家族に背を向けてまで。

「父は優しくて愛情深い人でしたが、自分にも甘かったのだと思います。そして無邪気でした。悪意もなく狡(ずる)い人だったんだと思います」

そして母親は、いつまでも『子供のような人』だったと、彼女は静かに続けた。

実際、砺波さんを産んだ頃、彼女の母親はまだ十九歳だったそうだ。

高校を中退し、故郷旭川を離れ、二五〇km以上離れた室蘭の工場で、住み込みの仕事をしていた彼女は、同僚と遊びに行ったイタンキ浜で、砺波さんの父親と出会った。

二十歳以上年の離れた二人が、どうしてそんなに惹(ひ)かれ合ったのかはわからない。

けれどその一年後に、砺波さんはこの世に生を受けた。

「父は娘を失った苦しみから逃れる為に、母に逃げ込んだんでしょう。沢山の人を傷つけて、それでも私と母は、父にとって『救い』だった。だからこそ……コーディネーターさんが仰るとおり、父が私にだけ遺産を減らすとは思えないんです」

砺波さんは、言葉を慎重に選ぶように言った。それは『希望』や『願望』ではなく、『確信』の話だ。

伯父（おじ）さんの遺産を相続した僕には、彼女の言いたいことがなんとなくわかった。

僕もそうだ。心のどこかに、伯父が遺産を残すなら、僕だろうという確信めいたものがあった。

愛とお金はイコールじゃないけれど、愛を伝える形の一つにお金がある。

「残して、見ないフリをしてきた本当の妻と、子ども達への罪悪感は勿論あったでしょう。でも……それでもなお、父は『あいこ』を優遇したと思います。だからもしかしたら、父はこの家に、遺産を隠しているんじゃないかと思うんです」

けれど父親が亡くなって半年後、ここを探してみたけれど、それらしいものは見つからなかった。

「無いなら無いでいいと思っていたんですけど……やっぱり、出来れば探したいんです」

「わかりました。慎重に探させていただきます」

望春さんが表情を引き締めて言った。

朝のビーチコーミングが、砺波さんの気持ちを変えたのか、もしくはそれ以外の何かか。

とはいえ、結局の所、僕らの仕事は変わらない。

今まで通り、遺（のこ）された物を適切に片付けさせていただくだけだ。

家の片付けをしていると、お金や特別な手紙等が出てくることはよくある。

タンス預金に始まって、神棚や、後は非常時の備えなのか、非常用持ち出し袋に、纏まった額の現金や、通帳や家の権利書などが入っている事もある。

あと、愛さん達が言うには、『布団の下』だそうだ。

特に万年床のように、布団の上で生活している人は、結構な確率で、布団の下に大切な物を隠しているのだそうだ。

他にもカーペットや畳の下、棚の裏、神棚や仏壇——そういった所に隠される事もある。

でも今回は、全室フローリングで、神棚なども無かった。

本棚や押入れ等はもう既に調べたと、砺波さんは言った。

僕らは望春さんの指示で、思いつく場所を調べたけれど、残念ながらどこにもそれらしい物は見つからない。

「あと……日常的にパソコンを使われる方が、たまに隠されるんですけど……」

そう言って望春さんは、埃(ほこり)を被(かぶ)ったデスクトップパソコンを見た。

「ちょっと失礼します」

そう言うと、望春さんは仕事用のツールボックスからドライバーを出し、箱形のパソコンの蓋(ふた)を開けて中を覗(のぞ)く。

「時々……ここに手紙やお金を隠される方がいらっしゃるんですが……」

でも、中にあったのは埃だけで、僕らはなんとなくガッカリしてしまった。

「パソコンの中はどうなんでしょうか？　その、データの方で」

亡くなった娘さんに纏わる事なら、もしかしたら何らかのデータという形で残されているかもしれない。

例えば、ヒントのようなものが。

期待を胸にデスクトップＰＣを起ち上げたけれど、ぱっと見それらしいフォルダはなかった。

「やっぱり……何もないんでしょうか。父はどうしてあんな事を言い残したりしたんでしょう……」

砺波さんが落胆したように呟いた。

「まだ諦められるのは早いと思います。荷物を片付けていけば、きっと見つかると思いますよ」

「……そうですよね、落ち込んでる場合じゃありませんでした」

望春さんが勇気づけるように言うと、砺波さんも気持ちを切り替えるように、うん、と頷いて肩に掛かる髪をぎゅっと後ろでまとめて縛った。

絶対に『今日中』に、この家を片付けなければいけない訳じゃない。

とはいえ、僕らも仕事であるが故に、日数が延びればその分追加のお金をいただかなければならなくなる。

だから迅速に、そして繊細に。

うっかり大切な物をゴミにはしないように、集中して片付けていかなければ。

家の片付け作業も三日目。三人での作業も随分連携が取れてスムーズだし、予定よりも順調に、さくさくと進んでいった。

実家よりも残す物が圧倒的に少ないというのもある。

「あれ？」

そうして作業の合間に、仕事の連絡が入っていないかと、スマホを手にした砺波さんが、困ったような声を上げた。

「どうしました？」

「いえ、充電が」

どうやら充電器に繋(つな)いでおいたのに、全然スマホの電池残量が増えていないらしい。

「通電はしてるんですよね？」

部屋の電気は付いている。とはいえ、しばらく空き家だったのだ、一応コンセントの方の問題ではないか確かめるために、僕は近くにあったハンディ掃除機を繋いでみた。

きちんとランプが点灯し、こっちは充電が始まっているように見える。

「うーん、充電ケーブルの問題ですかね？　僕、車にモバイルバッテリーとＵＳＢケーブルがあるんで、取ってきますよ」

スマホの方の問題で無ければ、それで充電は出来るはずだ。

「すみません、助かります」

「いえいえ」

そう言って玄関に向かおうとすると、丁度清掃のためにずらした棚が邪魔そうだったので、僕は捨てる予定だったサンダルを借りて、ベランダの方から外に出た。

少し高台のこの家は、ここから寿都の海が一望できる。最高のロケーションだ。

そういえば、風車の傍に野営場もあるらしい。さっきバイクのソロキャンパーさんが、一人テントを張っているのを見た。

今度もし長い休みを取れたら、勇気さんを誘って海キャンもいいな……なんて思いつつ、僕はベランダを出た。

家の周りは、四隅だけは流木や、大きめの石で区切るようにして砂が敷かれ、浮き玉や、おそらく拾った漂着物が飾られているけれど、それ以外は防犯用なのか、玉砂利と貝殻が敷き詰められていて、歩くとじゃり、じゃり、パキリと、なんとも言えない音がして楽しい。

「……あれ」

そうして駐車場に向かった僕は、ふと、ミュゲ社のロゴの入ったミニバンに、何故だか不思議と違和感を覚えた。

「…………」

小走りに車に駆け寄って、僕の心臓がギュッとなった。

車はエンジンがかかったまま、誰も乗っていなかったからだ。

ごくんと息をのみ、後部座席のドアを開け、置きっぱなしの鞄からモバイルバッテリーとケーブルを取り出す。

助手席は倒されたまま、フリースだけが残されていた。

紫苑さんが、いない。

車で寝ているはずなのに……。

「あ、そうか、トイレとかかもしれないか」

もしかしたら近くにセコマか何かがあって、ちょっと買い出しに行っているのかも。

そうだ、きっとそうに違いない。

そう自分に言い聞かせながら、僕はなんだか見てはいけないものを見たような気分になってしまって、慌ててバッテリーとケーブルを手に、小走りでベランダに戻った。

そうだ、僕はなんにも見なかったんだ――。

はぁはぁと、短時間に上がった息を押し殺すようにして、ベランダから中に戻った。

「お帰り、紫苑はまだ寝ていた？」

「え？」

僕に気がついて、望春さんが言った。

『いいえ、車の中には誰もいませんでした』

「――あ、え……えと、は、はい」

でも、僕はどうしてか、そう返事してしまった。

「ぐ……ぐっすり、お休みでしたよ。疲れたみたいで」

「家で運動をして、体力を落とさないようにしていても、やっぱり外に出ると疲れるのね」

「日光に当たるだけでも……疲れちゃうもんですし……」

「そうね。このままお昼まで、もう少し寝かせておきましょうか」

「それがいいですね」

一度肯定してしまうと、そのままそれが嘘だとは言えなかった。

本当に、自分でもどうしてこんな嘘をついてしまったのかわからない。

でも……どうしても僕は、望春さんに本当の事が言えなかった。

そのまま気もそぞろで数十分仕事をしてやり過ごした。

ずっと頭の中にあったのは、紫苑さんの事だ。

でもその間も時間は流れ、家の中は確実に綺麗になっていった。

そうして正午を迎える少し前、望春さんがきりのいいところで手を止めた。

「さ、そろそろ一回食事にしましょうか」

心臓がどきん、と鳴った。

「そうですね、せっかくですし、一緒に牡蠣小屋に行きませんか？」

砺波さんもそう言って、僕と望春さんに振り返る。

「……あ、じゃあ、紫苑さん起こしてきますね」

僕は慌てた。

それでも慌ててるのを気がつかれないように、顔に笑みを張り付かせ、僕は幾分小走りで駐車場に向かった。

途中、砂利に足を取られそうになりながら。

「…………」

そうして、車が見えて――ほっとした。

助手席で丸くなる、紫苑さんの姿が見えたからだ。

良かった――そう呟いて、不意に我に返った。

僕ときたら、なんでこんな心配をしているんだろう……。

そんな自問自答をしながら、助手席の窓ガラスをとんとん、と叩くと、中でフリースにくるまった紫苑さんがもぞもぞと動いて、窓が下げられた。

「おはようございます」

「終わったの？」

「いえ、まだかかります。なので一回休憩してお昼を食べに行きましょうって」

わかった、と言って、彼が暢気に、わざとらしく伸びをする。

ああ……良かった。いなかったらどうしようかと思った。

「どうかした？」

そんな僕の複雑な気持ちが透けていたのか、紫苑さんが首を傾げた。

「……いいえ」

『さっき、どこに行ってたんですか？』と、喉元まで出かかった。

でも結局僕は、それを言葉にする勇気を持てなかった。

伍

お父さんの別荘から、車で十分。

日が高くなり、すっかり暑くなった海岸線沿いを、窓を開けて走るのはとてもいい気分で、さっきの動揺が少しずつ心から消えていく。

わざわざ車二台で行かないでもいいと、砺波さんも望春さんの運転する、ミュゲのミニバンで一緒に行くことになった。

牡蠣、楽しみですね、と、嬉しそうな砺波さんの笑顔にも、心が少し和んだ。

確かにお腹はぺこぺこだから、ご飯は嬉しい。

でも僕、蒸し牡蠣って食べた事がないけれど、大丈夫だろうか……。

お昼時ではあったけれど、平日のせいか、幸い待たずに席に通された。

牡蠣小屋、とよく聞くが、来るのは初めてだ。

小屋、という名称通り、木造の建物で、中は一卓ごとに巨大な四角い鉄板を囲む形らしい。

メニューは牡蠣以外にも北寄貝や海老なんかもあった。でも今日はまず、牡蠣がメインだ。

頼みすぎか？　と思う量のオーダーだったけれど、望春さん曰く、蒸し牡蠣なら五個十個は、みんなペロリだという。

確かに好きな人なら一人で何十個も食べるらしい。牡蠣フライくらいしか食べた事がない僕は、少し不安だった。

しかもワゴンからスコップで豪快に鉄板に積み上げられ、山のようになった牡蠣は一粒がすごい大きい。

食べられなかったらどうしよう……と心配になる。

「私、牡蠣はフライ以外で食べたことないんです」

となりで砺波さんがワクワクしたように言った。

「僕もこんな風に蒸したやつ初めてです……苦手じゃなきゃいいんですが」

「よく、牡蠣苦手だったけど、牡蠣小屋行ってからハマったって聞くでしょ？　これはもうね、本当よ。私もそうだから」

不安げな僕に、望春さんがウィンクした。

こういう『磯の香り』系食材が、そんなに僕は得意じゃない。

うーんやっぱり好きじゃありませんでした……みたいに、場を盛り下げることにならなきゃいいけれど……。

だけど蓋をして蒸し上げられた牡蠣は、身がむっちりつやつやに詰まっていて、いかにも美味しそうだった。

どうやって食べるのか不安だったけれど、牡蠣を剥く道具が用意されているだけでなく、どうやら店員さんが剥いて食べやすくしてくれるらしい。

大きなステンレスの蓋をして、程なく蒸し上がった頃合いで、三十代くらいの作務衣姿の女性が、食べ方の説明をしてくれながら、蒸し上がった牡蠣をどんどん剥いてくれる。

職人技といった手つきで剥いていく店員さんの、巧みな技術に見とれながら、僕は勇気を出して口に運んだ。

とぅるん、として、スープたっぷりの蒸しガキ。

「んん!?」

ちゅるっと口の中に飛び込んできた牡蠣は、身が本当に大きくて、一個で口の中が一杯になった。

舌に覆い被さるように触れる、しっとりむちっとした感触を楽しむ間もなく、じゅわっと海の味が弾けた。

軽く混乱した。

え？　牡蠣って水風船？　ってくらい、牡蠣のスープが、溺れるほどに溢れてきたのだ。

他の貝類と違って、身は弾力があるものの固くないし、あっという間に一個が胃袋に消える。ただただ海の美味しさが瞬間的に爆発して消えたって感じだ。

「うわ、んま……っ！」

「んー！　すごい！」

砺波さんもその暴力的な美味しさに、口元を手で覆って感動に打ち震えている。

「なんですかこれ、じゅわーって！　海のミルクって言うのがわかりますね」

これなら一人十個は軽い、というのがわかる。

結局僕らは牡蠣をもう五十個と、大きな海老、北寄貝を注文し、さらに僕は味噌汁とおにぎりも追加した。

どれもこれも全てが美味しい。

それに窓から見える青い海、夏の日差し、鉄板から湧き上がる湯気、扇風機、炭酸ジュース、ミンミンとせわしなく響く蟬の声——ああ、『夏』って感じだ。

これがなんだか、すごいいい。ものすごく嬉しい。

特に札幌は、郊外か自然公園のような所に行かなければ、基本蟬がいない。

市内で蟬の声がする事がないのだ。

僕の中で、ゲームや本で見るような、『夏の思い出』のテンプレが、ほんのちょっと違う。

夕暮れに鳴く、少し寂しいヒグラシの声だって、北海道ではあまり馴染みがない。

そういう風景は、郷愁よりも夏への憧れと、『これは僕の物語ではないんだ』って、置いてきぼりのような寂しさがある。

だから今日、自分が夏の中心にいる気がして、五感が昂ぶる。

ちょっと前まで、心なんて死んでしまったんじゃないか？　って思うような毎日だったのに。

こんな風に、綺麗だとか、楽しいだとか、侘しいだとか、そういう気持ちが溢れる自分の心が嬉しい。

うーん……そしてやっぱり、蒸し牡蠣は震えるほど美味しい。

「剝いてあげるよ」

思わず感動に打ち震えていると、紫苑さんが大きなぼたん海老を僕に剝いてくれた。

僕だったら頭をぽろっともぎ取ってしまうのに、紫苑さんは器用に足と頭の硬いところを取り、美味しい味噌の部分を残した形で剥いてくれた。

「これ、すごい美味しい剥き方ですね」

「えー、私も剥いて欲しい」

僕の向かいで、北寄貝に舌鼓を打っていた望春さんが言う。

「えー、ヤダ」

紫苑さんが露骨に嫌な顔をした。

「でも、紫苑が剥いた方が美味しい」

「姉さんは大人なんだから自分で剥いてよ」

「いや、僕ももう子供じゃないですけど……」

そんな僕ら三人のやりとりを聞いていた砺波さんが、ふふ、と笑った。

「ご姉弟で、仲が宜しいんですね」

「そんなことは、けして」

望春さんが険しい顔で断言する。

「私は一人っ子だったので。あ、そのかわり母がいつまでも子供みたいな人でしたし、父も沢山遊んでくれたので、寂しい事はなかったんですけど」

とはいえ継兄の存在も、中学校に上がるまで知らなかったし、当然彼らと親しい関係にもなれなかった。

「それにしても……父ときたら、こんなに牡蠣が美味しかったなら、ここにも私をちゃんと連れてきて欲しかったですね」

　そう言って笑いながら、砺波さんがお父さんの話をし始めると、蒸し上がった牡蠣を手早く剝いてくれていた作務衣姿の店員さんが、「あら！」と声を上げた。

「もしかして、鯨先生のお嬢さん？」

「鯨先生？」

「ええと、海に流れ着いた物の研究をされていた児玉先生の？」

「あ、はい。そうです、娘です」

　聞き慣れない渾名に、一瞬戸惑ったものの、名前を聞いて砺波さんが頷いた。

「まあ、わざわざ遠くから。確かご実宅は旭川の方って」

「はい。今日は父の別荘を片付けに」

「そうでしたか……もう亡くなられて一年くらいになりますものね」

　どうやら砺波さんのお父さんと、顔なじみだったらしい店員さんが、砺波さんを見てしみじみと頷いた。

「お仕事のあと、よく研究員の方やお友達を誘って、うちを利用してくださったんですよ」

「そうでしたか……それで、どうして父が『鯨先生』なんですか？」

　店員さんがしんみりとなってしまった空気を変えるように、砺波さんが明るい声で問うと、店員さんはにこっと微笑んだ。

「ちょっと待っててください」

そう言って、パタパタとバックヤードに戻ると、彼女は自分のスマホを手に戻って来た。

「これです。これ」

そう言って、奇妙な石のような物が付いた、ストラップを見せてくれた。

「これは布袋石って言って、イルカの耳の骨で、縁起のいいものなんですって。前に私の妊娠中に、海が護ってくれるようにってくださったんです」

「イルカの耳の骨ですか?」

へー、と思わず僕も食べる手が止ってしまった。

「数年前に、何故か鯨とイルカが立て続けに浜に上がった時があったんです。その調査をきっかけに、先生はこの寿都に研究用の小さな家を建てられて」

「それで寿都だったんですか」

成程、『鯨先生』の由来だけでなく、海は他にもあるのに、わざわざどうしてここなのだろう? という疑問が、これで解決した。

「亡くなられる前にも、漂着した鯨を砂浜に埋めて、骨にしたりとか。それがまたとっても大きな鯨で、什器を使って大勢で作業したんですよ。でも……すごい臭いでねぇ」

砂の中で骨にした後、大学や博物館に飾られたりするらしいと、店員さんが言った。

確かずっと前に、家族で知床に行ったとき、博物館で鯨まるごとの大きな標本を見た事があったっけ。

「作業していた先生も、その臭いが取れないって。先生のお宅もしばらくの間臭いが漂っていて可哀相でしたよ――あらいやだ、お食事中にする話じゃありませんでしたね」

ごめんなさいね、とそこまで言うと、女性は再びバックヤードに引っ込んでしまった。

「大きな鯨……マッコウクジラかな」

その後ろ姿を見ながら、紫苑さんがぽつりと言った。

「シロナガスクジラじゃなく？」

一番巨大なクジラといえば、確かシロナガスクジラだった筈(はず)だ。

「シロナガスクジラは日本で漂着例は稀(まれ)なはずだし、あの『白鯨』のクジラもマッコウクジラだった筈だよ」

「へえ……」

そう言って、彼はスマホで何やらデータベースにアクセスしていた。

「なんですかそれ」

「国立科学博物館の海棲哺乳類(ほにゅうるい)ストランディングデータベース。日本の海でストランディング――つまり座礁や漂着した海棲哺乳類のデータだ」

「そんなものがあるんですか」

思わず砺波さんを見ると、彼女も知らない、というように首を横に振った。

町の名前や、生き物の名前なんかで検索すると、いつ、どこで、何がというデータを閲覧することが出来るらしい。

「……これかな、六〜七年前、二年間で種不明オウギハクジラ属を筆頭に、ミンククジラとカマイルカ二頭、そして三年半前にもマッコウクジラが一頭ストランディングしている」

「そうですね、その時です」

丁度また大きなボウルを持って戻って来た店員さんが言った。

頼んでいない牡蠣や海老が追加で鉄板に並べられる。「先生の分まで召し上がってください」と、どうやらサービスしてくれたらしい。

でももしかしたら、店員さん自身がもう少し、その『鯨先生』の話がしたかったのかもしれない。

追加で焼かれた牡蠣などを食べる間、砺波さんと店員さんの二人は亡き人を偲び、その話題に花を咲かせていた。

昼食の予定時間は、とっくに過ぎてしまったけれど、それを咎めるのは野暮だろう。

それに、美味しい蒸し牡蠣は、何個でもするすると胃袋に納まってしまう。

カレーは飲み物だなんてよく言うけれど、牡蠣も間違いなく飲み物だ。

そうして僕らの食べる手が、すっかり止ってしまった頃、他のお客さんも帰りはじめ、そろそろお開きの雰囲気になった。

「……思い出すと……やっぱり寂しいですね」

少し静かになった店内で、煩いくらいの蟬の声の中、店員さんがぽつりと言った。

「でも……充分楽しんで生きた人でしたから」

そんな店員さんを慰めるように、砺波さんが微笑む。

「そうですね、いつも人に囲まれながら、美味しそうに牡蠣を召し上がって、面白いお話を沢山してくださるので、私も鯨先生の事が大好きでした」

人に愛されるというのは、才能だと思う。

技術も勿論あるだろうけれど、その人の持って生まれた素質なのだとも思う。

砺波さんはその才能を感じる人だ。

きっとそのお父さんも、そういう人だったんだろう。

僕の母も、沢山の人に愛された人だった。

その細胞の欠片が、僕の中にも流れていたらいいのに。

陸

長い休みを取ってしまったお詫びに、職場に牡蠣を送ることにした砺波さんを待って、僕らは先に車に戻った。

「砺波さん、素敵な人ですね」

「…………」

後部座席に腰を落ち着け、シートベルトをした僕を、紫苑さんが怪訝そうに見た。

「あ、そういう変な意味じゃないですよ。ただ優しい、気立てがいいっていうか」

恋愛だとか、そういう意味ではまったくない。

僕は今、人生のリハビリ中で、正直そんな事まで考えている余裕なんてなかった。

「でも……なんで急に遺産をって気持ちになったんでしょうね。やっぱりお金より、気持ちって感じなのに」

たった一晩で、そんな風に心の舵を反対側にきれてしまうものなんだろうか？

「そうかな。お金っていうのは、いくらでも形を変える都合の良い物だよ。喜びにも、悲しみにもなる」

「まあ……それはそうですけど」

そんな僕に、望春さんも運転席で溜息を一つ洩らした。

「実は私も急な心変わりは心配なの。それに遺留分の請求は一年以内だけれど、後から見つかった遺産については、十年以内であれば請求できる」

つまり、多額の現金なんかが改めて発見されたら、またそれは別途、兄妹で争わなければならない。

「価値がわからなければ、請求は出来ない」

紫苑さんがポツリと言った。

「そうね。だからもしかしたら、遺産は普通の形では残されていないんじゃないかと思うんだけど……」

「遺言が作られたのはいつ？」

「確か亡くなられる数ヶ月前よ。余命宣告を受けられてから」

「つまり、一年半くらい前？」

「そうね」

「ふーん」

それがどうかした？　と望春さんが問うと、紫苑さんはそれには応えずに、そっぽを向いた。

「……でもそれ以上に、そもそも遺産はご自身の為だったらいいんだけど」

「え？　どういう意味ですか？」

だけど望春さんも、そこまで言うと急に口を噤んだ。

慌てて僕も黙った。車の方に戻ってくる、砺波さんの姿が見えたからだ。


結局その話は中断したまま、お父さんの別荘へ戻った。

望春さんが車を駐めて、紫苑さんの為にエンジンはそのままにしようとしたので、

「僕も降りるよ」と紫苑さんが止めた。

「寝飽きたし僕も手伝っていい？　車の中はクーラーきいてても日差しが暑いし」

「…………」

望春さんの表情が曇った。

「暑いのはわかるけれど、手伝うのは……」

「心配しないでも、遺品整理の仕事のことはわかっているよ。僕はこれでも、ミュゲの専属カウンセラーなんだから」

「そうだけど……」

なんだかんだ、お昼ご飯に二時間もかかってしまった。確かに作業が遅れてしまったので、猫の手も借りたい。でも紫苑さんの手は嫌だ――そんな表情だ。

「……本当に、ご迷惑はかけないわね？」

「勿論」

「………」

いまいち信用出来ないという表情の望春さんだったけれど、砺波さんは手伝っていただけるなら嬉しいですと、快諾してくれた。

結局、確かに人手は欲しい。けれど正規スタッフではないので、追加料金などはかからない事、もちろん何かトラブル等があった際は、きちんとミュゲ社で責任を取る旨を伝えた上で、望春さんは改めて砺波さんに許可を取った。

僕はと言えば、また車を駐めている間に、紫苑さんの姿が見えなくなったりしないで済んで、ちょっと安心した。

今日は無理せず、僕らは札幌で一泊して明日旭川に帰る予定なので、タイムリミットは六時。

改めて終了時刻がリアルに見えてきた事と、紫苑さんというお手伝いが増えた事もあって、作業は急ピッチで進んでいった。

特になんだかんだいって、紫苑さんと望春さんは阿吽（あうん）の呼吸というか、絶妙に息が合っていて、やっぱり双子なんだなと思わせる。

やがて僕は、外の掃除を任された。

家の周りに飾ってある漂着物も、全て撤去するのだ。

一つ一つ段ボールにしまっていきながら、四隅全てに、多分コンセプトか何かあったのだろうかと思った。

一角ごとに、使われた浮き玉に統一感があるようだし、砂の色もなんだか違うようだ。

確か砺波さんが、浮きもわかる人が見れば、どこの地域の物かわかると言っていた。

もし僕にもっと知識があったなら、『鯨先生』の、この洒落（しゃれ）心も理解出来ただろう。

不意に僕の心に、『勉強したいな』という気持ちが、じんわりと湧いた。

不思議と必死に勉強していた高校、大学では、そんな気持ちにならなかった気がする。

「だから……余計に楽しくなかったのかな」

思わず呟（つぶや）いて、砂をひとつかみする。

僕にとって勉強は、『義務』であり、『許可証』だった。母さんの『息子』でいるため僕はずっと、自分以外の誰かのためを思って勉強をしてきたんだろうか。

サラサラと指の間を流れる砂は軽い。こうやって時間と共に知識やその感動も、僕の中にあまり残らずに流れて行ってしまったのかもしれないの。

ぎゅっと手の中に残った砂を握る。

今日のビーチコーミングは楽しかった。

多分この楽しさは、何年経っても忘れない。

防犯用の砂利や貝はそのままでもいいというので、僕は漂着物を手に室内に戻った。中での作業もなんとか終わりが見えはじめていて、終了予定時刻を大きく上回らずに済みそうだ。

けれど、良かったと思うと同時に、お父さんの『遺産』と思しき物は、何も見つかっていないという落胆と焦りが、砺波さんに浮かんでいる。

「まだ……これから見つかるかもしれませんから」

そう砺波さんに声をかけると、彼女は静かに微笑んだ。

でもその笑顔は、僕に気を遣っただけで、諦めを隠したようにも見えた。

伯父さんの遺言——彼が残した謎を解けた時、僕は嬉しかった。

お金の事より、伯父さんと確かに気持ちが通じた気がした。

砺波さんは気丈な人だと思う。

そしてとても優しい人だ。

だけど自分だけ遺産が少ないという事実に、全く傷つかなかったとは思えない。

お父さんの愛情を信じていたとしても、もう二度とその声を聞けないと思ったら、最後にもう一度確かめたいんじゃないだろうか。

僕はじわっと湧き上がってきた涙を、手の甲で拭(ぬぐ)った。

それを紫苑さんが振り返って、『勿体(もったい)ない』と批難するように、ちょっと眉間(みけん)に皺(しわ)を寄せた。

そんな事言われたって、こんな時にこんな所で、涙の採集をする訳にはいかないのに。

だから両目を更に手で拭うと、紫苑さんは不満そうに唇を尖(とが)らせて、僕の作業着の腰のベルトループを、ぐいっと引き寄せるように摑(つか)んだ。

「……わざとそういう事をするのは、僕らの関係性にあまり良い影響を及ぼさないと思うけど？」

「だったら砺波さんのお父さんの遺産について、もうちょっと真剣に考えてくださいよ」

思わず恨み言を口にすると、彼は「真剣に、ねぇ」と、けだるそうに息を吐いた。

「だってここに、きっと……何か絶対ある筈(はず)なんですよ」

『あって欲しい』が、正しいのかもしれない。僕自身が信じたいだけなのかもしれないけど、でも――。

「じゃあそのかわり、後でシリンジに、たっぷり二本分は貰うよ」

「の、望むところです」

もし本当に見つけてくれたなら、嬉しくてシリンジ二本じゃ利かなそうな気がする。

紫苑さんはそんな僕に、満足そうににっこり笑うと、一度ぐるっとお父さんの別荘の中を歩き回った。

けれどほとんどの物が、もう段ボールやゴミ袋にまとめられている。

そんな中、紫苑さんが一冊のファイルを手に取った。

「あ……それは、後で父の知り合いに、もう一度チェックして貰おうと思って……」

そう砺波さんが補足する。

押入れから出てきた、研究結果をまとめたファイルの山だ。他の研究関連の荷物を持ち出して貰うときに、忘れた物らしかった。

「漂着物確認シートか……本当に丁寧に記録してある」

それはお父さんが海を歩いた時に、毎回書いていたもののようで、場所や日付、時間や干潮時刻の他に、どんな物が落ちていたかの詳細だった。

貝や海藻、クルミなどの漂着した種子、鉱石など、生物や人工物を、細かく仕分けし、一つ一つ写真付で記録されている。

「これは楽しそうだ」

そう言って紫苑さんが目を細めた。多分褒めているのだろう。

僕には大変な苦労だとか、すごい細かいな、とか、そういう驚きばかりなのに、紫苑さんにはそれが『楽しそう』に見えるらしい。

だったら紫苑さんも、僕の涙を集めることを、『楽しんで』いるのだろうか……。

「正直私にはわかりませんが、でもこういう研究って、いつかどこかで誰かの役に立つものなんだと思っています」

「そうだね……少なくとも君の父親は、ただの山師ではなかった。もっと利口な人だ――ところで君は、どうして気が変わったの？」

「え？」

突然変わった質問に、砺波さんが瞬きをひとつした。

「だって必要ないと言っていたんでしょう？　その遺産を、どうして一晩で探す気に？」

「あ……」

その質問に、砺波さんは少し戸惑うように、俯き加減で口元を押さえた。

「そうですね……それは処分などにもお金がかかりますし、やっぱりお金を……」

けれど紫苑さんは、そう答えた彼女の手首を優しく掴んだ。

「人は嘘をつく時、しばしばそうやって唇に触れる。本能的に嘘をついている口元を隠したいんだ」

「え？　あ、あの……」

「どうして？　そんなに君に都合の悪い質問なのかい？　僕はそんな、本心を隠さなきゃいけないようなことを聞いている？」

「………」

いきなりの不躾な質問、強引な振る舞いに、砺波さんが初めて不快感を露わにしたような、険しい表情を浮かべた。

そんな砺波さんを、紫苑さんは薄く笑って見下ろしていた。まるで何もかも見透かすような、あの綺麗な瞳で。

「紫苑、やめて。手を離しなさい」

「どうして？　だって姉さんだって知りたがっていたじゃないか」

「それは、だって私はそもそも砺波さんが心配で――」

「……わかりました」

村雨姉弟のやりとりを聞いて、砺波さんは覚悟を決めたように頷き、短く深呼吸をひとつする。

紫苑さんはにっこり笑って、その手を離した。砺波さんがもう一度溜息を洩らした。

「……夕べ、一応父の遺品整理をする話を、腹違いの兄にしたんです。そうしたら、甥が――継兄の子供が病気で、纏まった額のお金が必要だって」

来た時よりも、ずっとがらんとした部屋で、砺波さんは自分で自分の身体を抱くようにしながら、俯き加減で僕らに切りだした。とても言いにくそうに。

「………」

　思わず僕と望春さんは、顔を見合わせてしまった。

　要するに彼女のお継兄さんは、お父さんの遺品整理後、家を売ったりして砥波さんに入るお金まで差し出すように要求しているのだ。

　そもそも子供の病気って？　そりゃ、もっともらしい理由かもしれないけど……。

「あの、その子供さんの病名は？」

「聞いていません」

「え、聞いてないって……」

　ますますそんな話怪しくて、僕は望春さんを見た。

　望春さんも同じ気持ちなんだろう、彼女の眉間に浮かんだ皺は深い。

「砥波さん。差し出口は承知しておりますが――だからといって砥波さんが、さらに遺産をご継兄弟に譲ると考えていらっしゃるのでしたら……その……」

「大丈夫です」

　けれど、心配する僕たちに、砥波さんはきっぱりと言った。

「心配してくださってありがとうございます。皆さんはつまり、私が継兄の話を鵜呑みにして、遺産をだまし取られそうだと思われているんですよね？」

「そうですね……勿論本当にご病気かもしれませんが、貴方がそこまで払う必要があるとは思えません」

　既に遺産は充分継兄達には渡っているはずだ。けれど砥波さんは首を横に振った。

「そうでしょうか——私が不義の子で、継母と継兄達を傷つけたことは事実です」

「ですが……言葉は悪いですが、お継兄様のそれは、強請り(ゆすり)や集り(たかり)と変わりません」

「それでも……それでも私は、断りたくないんです」

「砥波さん……」

砥波さんが心配だ。とはいえ、僕らが口を出すことじゃない。望春さんの表情に葛藤(かっとう)が浮かんでいる。

それにどうやら砥波さんの決意は固く、揺るぎないもののようだ。

「でも……そうやって払ってしまったら、きりがないのでは？」

一度払ってしまえば、この先もお継兄さん達は、砥波さんにお金の無心をするんじゃないだろうか？

そんなのは、いくら砥波さんの中に償いの気持ちがあるとしても、けして健全な関係性とは思えない。

「よく考えた上での事です。父の遺産は、全て継兄二人に渡します」

そんな僕の心配にも、砥波さんは首を横に振るだけだった。

「そうですか……」

「皆さん、そんな顔されないでください。本当にいいんです。そして——私はこれで、継兄達への償いを全部終わりにしようと思っているんです」

砥波さんが僕らの戸惑いを遮るように、きっぱりと言った。

「私が望んだ訳じゃない――それでも継母と継兄に対して、父を奪ってしまった罪悪感はあります。償えるなら償いたい気持ちも心からあります。でも――同時に私は私です」

　裏を返せば、罪悪感を覚えるほどに、お父さんは砺波さんを愛してくれたのだ。

『両親に愛された思い出だけで充分』と、彼女が言えるほどに。

　だけど……確かにそのせいで誰かが傷ついていたとして、愛された人がどこまで償うべきなのか。

「仰るとおり、私と継兄達の関係は、きりがないことです。私の出生は、どうやったって変えられはしないから。だから父のお金は全て継兄に譲って、そしてこれで償いは終わりにします。たとえ厚顔無恥だと思われようと、これ以上はもう譲りません」

　彼女なりの償いと、終わりのない事に、エンドマークを打つ方法。

　そう砺波さんはきっぱりと言って、僕らを見た。その表情は、晴れ晴れとしたような、確かな決意を感じる。

　そのまっすぐな眼差しに――僕の目にじわっと涙が湧き上がった。

「やだ、泣かないでください。私としては、自分の出来る事は全部したいんです。いちばんいい形で、新しいスタート地点に立ちたいんですよ」

「そうですが……」

　彼女が慌てたけれど、どうしても止められなかった。そんな僕に釣られたように、砺波さんの目にまで涙があふれ出してしまった。

和解はやっぱり無理なんだろうか、とか、まだ他に何か、方法はあるんじゃないかとか、思うことはゼロではないけれど。

同時に人の感情は、簡単に整理することは出来ないのだ。

僕がもし継兄さんの立場なら、きっとその裏切りや、姉を奪われた悲しみ、怒りで、父親を許せないかもしれない。もしかしたら、腹違いの妹の事も。

そして砺波さんの立場だったら、両親のその咎を、どこまで自分が背負うべきなのか悩むだろうし、そんな人生を上手く飲み込んで生きていけるだろうか？

確かに半分血は繋がっていても、他人と割り切って、法律で自分に与えられた権利を行使することだって出来るのに。

それでも、砺波さんはそうはしなかったんだ。少しでもみんなが幸せになる方法を考えていたんだ。

「つまり、父親の遺産をしがらみへの『手切れ金』にするつもりっていう事だ」

泣いている僕を見ながら、紫苑さんが嬉しそうに目を細めて言った。

「はい。心配してくださった皆さんには、申し訳ないとも思うんですが……そう決めたんです。両親もきっと、許してくれるはずです」

「だけど、残念ながら君の父親の遺産は見つかっていない」

冷ややかな紫苑さんの一言に、砺波さんの表情が曇った。

「……昔から、お誕生日プレゼントと一緒に、ちょっとした謎ときを用意してくれた人なので、どこかに隠してくれていると――」

「涙だよ」

「……え？」

「その涙と引き換えになら、僕が遺産の在処を探してもいい」

遮るように言われた言葉に、当然砥波さんは『何を言っているのか？』と、一瞬きょとんとする。

「私の……涙と引き換え、ですか？」

その困惑は当然だ。僕は慌てて二人の間に入った。

「あの！　研究です！」

「研究？」

「涙っていうのは、感情や人によって成分に違いがあったりして、顕微鏡で見ると全然違う結晶で、その、紫苑さんはその研究をされていて、その……」

僕のしどろもどろの説明に、砥波さんは瞬きをした。

「あ、あの、確かに奇妙だと……」

「なるほど、研究の為にですか。わかりました」

「え？」

だけど驚いたことに、彼女は理解した、というように浅く頷いた。

「わかる……んですか？　涙ですよ？」

「はい、でも、もうあまり量は採れないかもしれませんが……」

紫苑さんはそんな僕らのやりとりをよそに、既に自分の鞄から、専用のシリンジを準備していた。

こんな時でも、ちゃんと持ち歩いているんだと呆れる僕の横で、望春さんが険しい表情をしている。

「こんな失礼なお願い、申し訳ありません」

そう言って望春さんが謝る。

「お気になさらず。父の研究も、変わっていましたから」

「そんな事は……」

「こういった研究は、時に凡人には理解出来ないものですが、そこから生まれた沢山のものが、今人類を支えているんです。私の涙が何かのお役に立てるなら」

砺波さんはなんでもない事だと返した。

「感謝します。貴方もとても賢い人だ」

紫苑さんはそう言って、白い指で砺波さんの頬骨の部分をわずかに押さえ、慣れた手つきでシリンジで吸い上げた。

うっとりと、本当に嬉しそうな表情で。

紫苑さんと砺波さんの距離は、お互いの呼吸がかかるほどに近い。

僕はなんだか、胸がチリチリとした。

不思議と僕は無意識に息を止めてしまっていたみたいで、採集が終わって紫苑さんの手が離れると共に、深い息が洩れた。安堵とも、溜息とも違う気がした。

「ああ……帰って見るのが楽しみだ。君みたいな人の涙は、どんな形をしているんだろうね」

そう言ってシリンジにキャップをして、紫苑さんが今にも頬ずりしそうなほど、愛おしげに呟く。

「どうしたの？」

「いえ……」

気がついたら、僕はしかめっ面になってしまっていたらしい。

なんだか少し気分が悪くて、僕は紫苑さんに採られる前に、自分の涙をぐいっと拭いた。

いつもは散々、僕の涙が一番綺麗だって言う癖に。

でもなんとなくわかる。砥波さんは心の強い人だ。そして優しい人だ。そういう人の涙は、どんな形をしているのだろうか？

勿論その人の人格が、そのまま形になるわけではないにせよ、なんとなく、イメージというか――。

「あ……そうだ、涙……『天使の涙』」

そこでふと、僕は砺波さんのお父さんの、あの奇妙なメッセージを思い出した。

「紫苑さん、『天使の涙』って何か知っていますか？」

「『天使の涙』？……そうだね、そういったタイトルの映画や、カクテル——比較的、名称として使われやすい単語の組み合わせだとは思うけれど？」

そんな僕の質問に、紫苑さんは微笑んで、「それがどうしたの？」と問うた。

「砺波さんのお父さんが、遺した言葉です。『天使の涙の声を聞くんだ。お前のことは、今度こそ海が助けてくれる』って」

「あ……はい。それが何か？」

「砺波さんのご両親は、確かイタンキ浜で出会ったといっていたね」

だからてっきり、海で亡くなられた娘さんに纏わる何かなんじゃ？と言っていたんですが……と、説明すると、彼は僕の目尻に残った涙を指で拭い、更に笑みを深めた。

突然話題を振られ、何かないかと父親のファイルを見ていた砺波さんが、慌てて顔を上げた。

「そのイタンキ浜に行ったことは？」

「いえ……」

実際に行ったことはないと、砺波さんが首を横に振る。

「姉さんは？　一時期サーフィンにハマっていたろ？」

「……あるわ、綺麗な所よ。いい波が追える」

望春さんが少しだけ眉を顰めて答えた。

「一番言うべき情報を省いたね」

そんな望春さんに、紫苑さんがやれやれという風に肩をすくめてみせる。

「一番？　ああ……ええと、そうね――イタンキ浜は、サーフィンの名所としても有名だけれど、洞窟があったり……でも一番は日本でも数カ所しかない『鳴き砂』で有名な浜なのよ」

「鳴き砂？」

思わず砺波さんと僕は顔を見合わせた。

「踏むと、きゅ、きゅ、と音が出る浜辺なの。確か北海道でも網走と、長万部と、この室蘭の三カ所しかなかった筈よ」

「へー！」

「昔は『ハワノタ』つまりアイヌ語で『声のある砂浜』って言われていて――」

そこまで言って望春さんが、はっ、としたように紫苑さんを見た。

「イタンキ浜は、砂の中に細かい石英が含まれているんだ。粒が丸く形が揃い、砂に汚れがないなど、条件が揃った時だけ浜辺の砂は鳴く。そして、この鳴き砂に含まれる石英の事を、『天使の涙』というんだ」

「でも……それがどう、遺産に繋がるんでしょうか？　父は室蘭ではなく、この寿都だと言っていました。この近くの砂浜は鳴かないはずですし、父の遺品の中に砂はなかったと思います」

砺波さんは、成程と頷きつつも、それがどう繋がるのか？　と訝むような表情だ。

確かに片付けた物の中に、それらしい砂はないはずだ。ぐるっと部屋を見回して――

そして、外から運んで来た段ボールを見てはっとした。

「砂、あります！　家の外に飾られた浮き玉の下が砂地です」

そこで僕は、家の四隅に敷かれた、砂のことを思い出した。

「あ、でも、踏んでも音は鳴らなかったか……」

「いいや。鳴き砂が鳴くには一定の条件が必要なんだ。イタンキ浜でも全ての砂が鳴くわけじゃない」

よく気がついたねと、彼は僕の頭をひと撫でする。

そうして処分するのではなく、どこかに寄付できるようにまとめられた、お父さんの実験器具の中から、顕微鏡を取り出した。

「え、じゃあ、もしかしたら……？」

「四ヵ所、それぞれサンプルを採ってみよう。本来鳴き砂は持ち去ることを禁止されているけれど、彼は研究のために許されていた可能性がある」

紫苑さんに指示されるまま、僕らは家の周りの砂のサンプルを採った。

できるだけ汚れていないように、少し掘って綺麗な部分を慎重に。

紫苑さんはさらにそれを綺麗に水洗いして、シャーレに広げ、顕微鏡にセットする。

「……見てごらん」

やがて彼は、顕微鏡から離れ、僕らを手招きした。

「……砂って、一粒一粒が、こんなに綺麗なんですね……」

一番先にのぞき込んだ砥波さんが、驚きを隠せない、上擦った声で言った。

僕も覗かせて貰った。

本当だ……見た目はただベージュ色の、ありふれた砂のようなのに、拡大して見ると、それは——まさに、今日見た海、砂浜と同じだった。

瑪瑙、水晶、ガラス、貝殻——その一粒一粒、その全てが鉱石や貝の欠片だった。

海の波に洗われて、砂浜の石達、貝達が、小さな小さな粒になって、海の底を覆ってるんだ。

考えてみたら、そんなの当たり前の事なのかもしれない。でも……僕は小さな感動に、目が熱くなった。

「サンプルAだ。どう思う？」

「あ……綺麗な色ですけど……粒がバラバラで揃っていない気がします。砂が鳴くには、粒が丸く形が揃ってるって仰っていましたよね」

「私もこの砂は粒が鋭角で、バラバラな印象です」

紫苑さんの質問に答えると、砥波さんも同意してくれた。

二つ目、サンプルBは、見るからに少し黒っぽい砂で、拡大して見るとさっきとは全然違う、全体的にゴツゴツとした黒っぽい鉱石が多く、所々に赤っぽい石が混じっている。

比較的サイズは揃っている気がするけれど、丸みがある……とは思えなかった。

それにしても……同じ『砂』でも、こんなに違うんだ。

そしてサンプルCだ。

「あ、これ、わかります！」

のぞき込むなり、砺波さんが嬉しそうに言った。

続いて僕も覗かせて貰うと、なるほど、これは僕でもわかった。

「これ……理科の授業で見ました。沖縄の星砂ですね！」

一番淡い色のその砂は、鉱石の中に貝の欠片が混じっている他の砂と、その割合が逆転していて、ほとんどが白い貝と珊瑚だ。

ぷっくり丸くて、所々に突起のある『星砂』は、顕微鏡で見るととても愛らしい。

思わず一瞬和んでしまった僕と砺波さんだったけれど、問題のサンプルはあと一つだ。

「残りはこれですね」

砺波さんが再び表情を、緊張に強ばらせた。

「………」

顕微鏡を覗いて、彼女は口を噤んだ。

心配になって僕も覗かせて貰う。

「あ……」

それは確かに、全体的に丸みを帯びた鉱石の粒と、短柱状の鉱石で構成されていて、そのサイズがなんとなく揃っている。透明感のある粒が多い気がする。

「今までに比べて、石英の量が多いです。粒も丸く、石のサイズも統一感があります」

海でずっと洗われた砂達は、拾った瑪瑙達と同じでツヤツヤで、濡れて光沢を増している。

僕と砺波さんは顔を上げ、確信めいたものを感じ、うなずき合った。

「この四つの中で、一番『イタンキ浜の砂』に近いのは、このDのサンプルの砂だと思います」

砺波さんが言うと、紫苑さんはゆっくり頷いた。

「僕もそう思う」

「じゃあつまり……この透明な石達が『天使の涙』」

なるほど、このきれいなきれいな一粒、一粒は、確かにもっとも純粋で穢れない、天使が流した涙のようだ。

思わず交互にもう一度二人で眺めていると、紫苑さんが「別にそれを見て終わりって事じゃないよ」と呆れ気味に言った。

そうだ、本題はこれじゃないんだ。

「じゃあ、後はどうしたら？」

そう問うた僕に、紫苑さんは処分品の山から、一本のスコップを差し出してきた。園芸で使ったりするような、片手サイズの小さなものだ。

「え？　あ……サンプルDの砂の所を、掘ればいいんですね？」

「宝探しっていうのは、やっぱり穴を掘らなくちゃ――ここ掘れワンワン！　ってね」

そう紫苑さんは、悪戯(いたずら)っぽく笑って言った。

漆

まわりの砂利と貝、石を退かして、僕はサンプルDを採った砂場を、スコップで慎重に掘り進めた。

砺波さんがもっと大きな、除雪用のアルミスコップも探してきてくれたけれど、万が一土の中に『宝』が本当に隠れていて、うっかりそれを傷つけたりしたら困る。

でも掘っていくうちに、穴は段々深くなり、ぐぐっと穴の中に身を乗り出して掘るようになると、僕はなんだか急に不安になった。

本当に見つかるんだろうか？

段々日が沈みかけてきて、僕はひっそりと不安が恐怖感に変わるのを覚えだした。

なんだかまるで、自分のお墓を掘っているような、不思議とそんな錯覚が、僕のうなじをちりちりとざわつかせた。

「私、代わりましょうか……？」

「いえ……とりあえず、もう少しは……」

それでも心配そうな砺波さんに、努めて笑顔を返す。

なんとなくこの後も作業が残る砺波さんに、無駄な体力を使わせたくない気持ちもあったし、かといって紫苑さんは掘る気はゼロ、多分紫苑さんにちょっと怒っている望春さんは、本来の仕事である遺品整理の作業を続けてくれている。

だから、ここは僕が頑張らなきゃ。

「ここに、本当に……」

そう言いかけた時、やっとスコップに何か硬いものがカチッと当たった。

「あ、何か……」

砺波さんが期待に息をのんだのが聞こえた。

僕もだ――でも掘り出してみると、それは灰色っぽいような、茶色っぽいような、霜降りのまだら模様で汚い石の塊で、僕らは激しく落胆した。

「大きな石ですね、しかも三つも……」

「石だけ……」

「何だろ……軽石ですかね」

なんだかぼこぼこしていて、それでいて持ち上げると見た目より妙に軽い。気持ち悪い石だ。邪魔なそれを脇にどけ、更に掘り進めようとしていると、紫苑さんが「見つかった？」と、能天気にやってきた。

「いや……全然です。汚い石が出てきたぐらいで」

「へえ？　汚い石ね」

そう言って紫苑さんは、僕らが地面に放りだした、あの気持ち悪い石を一つ拾い上げ、一度土を洗い流して戻って来た。

怪訝(けげん)そうに望春さんも後を付いてきている。

それにしても、洗うとますますでこぼこで、汚い石だ。

紫苑さんがノックするように叩(たた)いてみせると、不思議とポクポク、と低い音がする。

「ところで君たちは、マッコウクジラが何故その名前なのか知っている？　何という字を書くか」

「え？……英語が由来、とか？」

突然の質問に、僕は首を傾げながら答える。

「英語だと sperm whale。精液クジラだよ。頭部に大量に湛(たた)えた脳油が男性の精液に似ているから」

「えええ……」

ひどい……そんな半分悪口みたいじゃないか。他にいい名前なかったんだろうか。

「マッコウ……って、あの、マッコウかしら」

望春さんが言った。

「そうだね。姉さんの言うとおり、マッコウクジラは『抹香鯨』と書くんだ」

「つまり、お焼香の時に使う抹香ね」

お葬式のお焼香の時、摘まんで焚く、香木を砕いた粉末状のお香の事か。

なるほど、望春さん達村雨姉弟には馴染みのものだろう。

「ああ、あのいい香りの」

そう砺波さんも言いながら、それが何か？　という風に紫苑さんを見る。

「そう良い香り――まさしく名前の理由はね、マッコウクジラからは時々体内から、抹香のように芳しい香りの竜涎香が採れるからだ」

「竜涎香……」

そこではっとしたように、望春さんが紫苑さんの手の石をまじまじと見た。

砺波さんもだ。

「も……もしかして、これが、なんですか？」

彼女はとても驚いたように、僕らの足下に転がる二つを手に取る。

「え……？」

竜涎香……名前はなんとなく、どこかで聞いたことがあるような気もするし、ないような気もする。よくわからない。

「竜涎香、アンバーグリスはマッコウクジラの腸内に出来る結石だ。そしてこの世にたった四種類しかない動物由来の香料。かつて様々な偉人を魅了した、最高級の香料だ」

「うん。日本でも高額で取引されているよ。このサイズなら……そうだね、上質なものだったら、一つあたり数千万円になるかもしれないな」

「ええぇ!?」

思わず、今日イチの声量で声が出た。

「一つ……数千万円？　この汚い石が？　え？　しかも三つありますけど……？」

そこでやっと、望春さんと砺波さんの動揺の意味がわかった。

「マッコウクジラの体内から見つかる竜涎香は、まだぼろぼろと柔らかく、そして耐えがたい汚物臭を漂わせている。それを知らない者には、まるで価値を見いだせない代物だろうね――でも三年半前、彼は確かにそれを見つけたんだ」

「じゃあ……家の周りがしばらく臭かったって、もしかして」

多分ね、と、紫苑さんが笑って頷いた。

「『半年後』という遺言の理由はきっとこれなんだ。彼が亡くなってすぐではまだ早いかもしれなかった。竜涎香がその美しい香りを湛えるまで、二年から三年の熟成期間が必要なんだ。

「じゃあ……父は……私にこれを？」

砺波さんが震える声で問うた。

「うん。君の父親は、地中の中でしっかり乾燥、熟成し、ビーチコーマーが『浮かぶ金塊』と呼ぶ大きな遺産に姿を変えるのを待っていた。そうして税金もかからない、秘密の遺産を娘に残そうとしたんじゃないかな」

だから『半年』だったんだ。

万が一熟成前に掘り起こされてしまわないように。

「ちょっと待ってください、でもこれ、本当にその、竜涎香なんでしょうか？　父の勘違いという事は？」

砺波さんは驚きを通り越して、少し顔色が悪いくらいだ。そして期待しすぎないように、必死に自制してるみたいだ。

確かにこれが、その『竜涎香』だという、確信だってない。

「調べるのは簡単だよ、熱した針を刺せばいい。竜涎香なら、容易く溶ける」

彼はそう言うと室内に移動した。

僕らも後を追った。

そうして、ゴミの中にあった針金を、ガスコンロで赤く炙り、綺麗に洗った竜涎香と一緒に、砺波さんに手渡した。

「自分で確かめてみたらいい」

「…………」

砺波さんは慎重に針金を受け取り、そっと竜涎香に近づけた。

「あ……」

それは焼ける鉄の熱で、じゅわ、とびっくりするほど容易く溶けた。蠟燭とか、氷みたいに簡単に。

熱された部分が、どろっとコールタールみたいに黒く、粘度のある液体になった。

とたんにふわっと……土っぽい匂いから、甘いような、薬臭いような、奇妙な香りが微かに漂った。

「え……でも抹香みたいな、いい匂いじゃないような？」

思わず本音が漏れてしまった。

「ああ……いいえ、微かに沈丁花のような……」

「鼻に抜けるとき、ムスクのような甘さがありますね」

砺波さんと望春さんは、そんな風に口々に言っている。

僕はもう一度一生懸命嗅いでみたけれど、よくわからなかった。

ただ溶けた部分はベタベタとしてて、指で触るとねちょっと糸を引く。

少なくともプラスティックとかが溶けた感触とは見た目も匂いも違っている。

「じゃあ……これ、本物の竜涎香だって事なんですか」

残り二つも綺麗に洗うと、試した一個とよく似ていて、おそらく一緒に見つかった物だったようだ。

「まあ、喜ぶのはまだ少し早いかな。値段は実際の諸成分によってかわるし、買い取ってくれる場所にもよる。大学や、化粧品会社、特に海外は高額だと聞くけれど、そこは調べてみないとわからないだろうし、売らずに博物館などにレンタルするという方法もある」

「そうですよね……でも、父の知り合いを辿(たど)れば、そういったルートを知っている方もいらっしゃると思います」

ビーチコーマーの中には、竜涎香に狙いを絞って探している人もいるのだそうだ。

「見つかって……良かったですね」

心底ほっとしたように、望春さんが言った。

遺品を見つけたい気持ちはあったけれど、紫苑さんの奔放な振る舞いに、望春さんは後悔や不安、罪悪感を抱いていたのだろう。

「……本当はガッカリしたんです」

そんな望春さんに頷(うなず)いて――けれど砺波さんはそのまま顔を上げず、ぽつんと、そう呟(つぶや)いた。

「私に遺産がほとんど残されていないと知って、兄を優先しなければいけない事、そうしたい父の気持ちもよくわかったし、頭の中ではそれでいいと思っていたのに……でもふっと考えてしまったんです。結局私は父にとってなんだったんだろうって」

結局の所、死んでしまった娘の代わりでしかなかったのか。

父が寂しさを紛らわすためだけの、『あいこ』だったんじゃないだろうか。

愛されていたのは愛子ではなくて、死んだ藍子だったんじゃないか――ずっとそう思っていたと、砺波さんが声を震わせる。

「遺品の整理や、自分が逝った後の事は、全て私に託してくれていました。信頼してくれていることもわかっていたのに……本当は自信がなかったんだと思います、愛されているから平気なんて強がりを、言わずにいられなかったほどに」

だからこそムキになった。

お金よりも大切なものを、自分はきちんと持っているのだと継兄達に誇示することで、誰より自分自身がそうだと思いたかったのだ。

「君の父親も同じだよ。『デモンストレーション』をしたんだ、息子達に。君より多額の遺産を残すことで、二人のプライドを守り、愛情を示した——それは同時に、君の立場を守る為でもあったと思う」

「私の立場を……」

ああ……だからこそ、お父さんはこの形で、砺波さんに遺産を残したのか。

確かにこうしている間は、少しいい匂いがする、ただの汚い石でしかない。

その気になればこのままお金にしないで、ただ『石』として、手元に置いておくことだって出来る。

彼女を守る為の——他の子ども達には気づかれない、秘密の遺産。

僕の目に、じわっと涙がこみ上げてきた。

砺波さんの目にも。

「砺波さん。お父様はこんなまわりくどい事をしてまで竜涎香を残した――それはまさしく、貴方(あなた)が『死んでしまった娘』ではなく、『生きている娘』だからだと思います。これは愛する貴方が生きていく為に、未来に託された遺品だったんです」

はらはらと涙を流し始めた砺波さんに、紫苑さんが毒牙(どくが)を伸ばさないよう、先手を打つように望春さんは優しく言って、彼女に寄り添った。

砺波さんはそんな望春さんに、ゆっくり頷きを返す。

「そうですね――その確認が出来ただけで、私はもう充分です」

そこまで言うと、彼女は竜涎香を手に、泣きながら微笑んだ。

「全部継兄に話して、それで決めようと思います。もう一人の継兄も受け取るべき人でしょうし。その上でどうやって換金するか、しっかり話し合おうと思います」

「え？　でもお父さんは――」

それじゃあ、こっそり隠した意味がない――そう言いかけた僕に、砺波さんが笑顔で首を横に振る。

「わかっています。でも……全部すっきりしたいんです。私の人生ですから」

終

なんとか片付いた寿都の家を後にする頃には、もうすっかり、夕日は海に沈んでしまっていた。

わずかな茜色を残す、オレンジから濃紺のグラデーション。

「母なる海とはいいますが……奪うのも海、与えるのも海ですね」

それをベランダから眺めながら、砺波さんがぽつんと呟いた。

「でも、『親』っていうのは、そういうものなのかもよ」

結局おいおい泣いてしまった僕の涙を採集し、機嫌の良さそうな紫苑さんが、荷物を片付けながら答えた。

「きっと君の父親はもう、これ以上君から何も奪いたくなかったし、誰にも奪って欲しくはなかったんだ」

「だけどもう私は、子供じゃありませんから――それは自分で選びます」

そうきっぱりと笑顔で言う砺波さんは、やっぱり強く、清々しい人だった。


遺品整理の作業の後に、そのまま旭川まで帰るには距離がある。

だから今夜は札幌で一泊し、明日の朝旭川に戻る予定だった。

札幌に戻ってきたのだから、実家に帰る事も出来たけれど、両親と顔を合わせたり、話をしたりするのは逆に気疲れしてしまいそうで、僕も望春さん達と一緒に、ホテルを取ってもらっている。

時間も時間だったので、夕食は札幌市内で簡単に済ませ、ススキノのホテルに車を走らせた。

温泉があるので楽しみだ。潮風で髪がパリパリになっている気がする。

そんな事を考えながら、久しぶりに札幌の街の明かりを眺めた。

仕事の後の快い疲労感と、食後の倦怠感。

通り過ぎていく明かりを眺めているうちに眠気が覆い被さってくる。

静かに車内に流れるラジオですら、子守歌みたいに聞こえ、うとうとしそうな——そんな時だった。

本日正午過ぎ、寿都町の路上を通りかかった人から「男性が死んでいる」と消防に通報がありました。

駆けつけた警察によりますと、男性は死後数日経っているとみられ、頭部に鈍器で殴られたような傷があったということです。

警察は男性が事件に巻き込まれた可能性があるとみて、身元と詳しい状況を調べています。

途端に目が覚めた。

「…………」

今まで僕らがいた寿都町での事件だ。

　望春さんの顔が、とても険しい形で歪められていた。

「……どうかした？　姉さん」

　そんな望春さんに、紫苑さんが張り付いたような笑みで問うた。

「紫苑……午前中、貴方ずっと車にいたのよね？」

「ぐっすり眠っていたよ。それがどうかした？」

「ねえ、紫苑。だったら貴方、砺波さんのお父様とお母様がイタンキ浜で出会った事、どうして知っていたの？　あの話を聞いていた時、貴方は家の中ではなく、車の中にいたはずよ？」

「うーん、そうだったかな」

　わざとらしく、とぼけるように言って、紫苑さんが笑った。

「…………」

「でも、今のニュース、遺体は死後数日経ってるって言ってるじゃないか」

「……そうね」

　確かにそうだ。遺体は今日亡くなったものではないんだ。

　望春さんは納得したように、ふ、と息を吐く。

「青音」

「は、はい!?」

　慌てて名前を呼ばれて、僕は後部座席で姿勢を正した。

「USBケーブルを取りに行った時、紫苑は確かに車にいたのよね？」

「え？」

どきん、と胸が破裂しそうなほど震えた。

「あ……あの……はい。確かに」

一瞬答えに詰まったけれど、ここで黙っていちゃだめだ。僕は頷いた。

――僕は嘘をついた。

「そう……ならいいわ。いいわ、なんでもない」

望春さんはまた、今度は長く静かに息を吐いて、そのままホテルに着くまで一言もしゃべらなかった。

望春さんを裏切りたい気持ちはなかったけれど、紫苑さんへの恐怖だけじゃない。自分でも自分がよくわからなかった。

重い空気の中、途中のセコマで買ったおにぎりや、百円パスタで簡単に夕食を済ませた後、汗を流す為に温泉に行こうとすると、望春さんから紫苑さんを誘うように言われた。

多分彼を一人で行かせたくはないんだろう。

とはいえ、二人で温泉……っていうのは、なんとも気まずい。

いっそ断ってくれたらいいのにと思ったけれど、僕の温泉の誘いを、彼は拒まなかった。

温泉と言っても、ここはあくまでビジネスホテルだ。洗い場も六つほどだし、湯船も二つしかない。

当然脱衣所も、なんだか閉塞感がある。

混んでなきゃいいのは確かだけれど、同時に紫苑さんと二人きりなのもなんだか嫌だった。

だのに、僕らと入れ違いのように、中年男性は着替えを済ませて出て行ってしまった。

「…………」

湯船の方から水音もしない。

脱衣所では聞き慣れたアニメ曲の、オルゴール調のBGMが、小さすぎるくらいの音量で流れているだけだ。

だから余計になんだか間が持たないというか、居心地が悪い。

「──どうして嘘をついたの？」

「え？」

何か当たり障りのない話題を……と考えているうちに、不意に紫苑さんが僕を見ないまま問うた。

「あ……ええと……」

「僕は車にいなかった──君はどうして、姉さんに本当のことを言わなかったの？」

「…………」

どうして、と聞かれても、正直僕自身もどうしてなのかわからなかった。

でもこの奇妙なルールが、村雨姉弟にとって、厳粛なものなのは、僕も薄々わかっている。

もし破っていたとしたら、きっと紫苑さんにとって不利なんだろうってことも。

望春さんが、何かを怖れていることも。

「……見つかった遺体は、死後数日経っていた。だから紫苑さんは犯人じゃない――そうじゃないんですか？」

少なくとも、そんなわずか数時間で、そんなに遺体を腐らせたりは出来ないはずだ――多分だけど。

確かに彼はあの時いなかった。

そして車の中にいた筈なのに、僕らの会話を聞いていた。

だからといって、それが何かの事件と関わりがあるとは思えないし、思いたくなかった。

――ああ、そうだ。思いたくなかったんだ、僕は。

「ただ僕は……貴方を信じたかったんです」

彼は悪魔だ。

だけど今、僕を確かに救ってくれる人だ。

信じたかったんだ。

それがたとえ、僕の涙の為だとしても。

「……『信じたかった』か」

脱衣所のロッカーに寄りかかって、紫苑さんがふ、と息を吐いた。

「それってつまり、信じてる訳じゃないって事だよね？」

紫苑さんが首を傾げて言った。

「…………」

僕らの間に、嫌な沈黙が流れた。

オルゴールの音だけが、ただ優しくもなく、やけに耳障りに聞こえる。

うなじの毛がチリチリと逆立った。

「……ご、ごめんなさい」

それに耐えきれず、とうとう僕が謝ると、紫苑さんは怒るでもなく、にやっと笑った。

「君は本当にいい子だね」

どうやら、審問会は終わったらしい。

彼が脱衣を始めたのでほっとした。

でも僕は、どうしても一つだけ、彼に聞きたかった。

「……あの、なんで紫苑さんは、一人で外に出ちゃ駄目なんですか？」

「…………」

質問した僕を、紫苑さんがシャツのボタンを外しながら横目で見た。

「やっぱり、聞いちゃいけないこと、ですか……」

だったらいいです、と首を振った僕に、紫苑さんは少し思案するように手を止めた後、

「いいや、いいよ」と息を吐いた。

「その男が、僕と姉さんを間違えたのか、少年が好きだったのかは知らない。でも確かに幼い頃、僕は変質者に攫われたことがあった」

「え？」

「僕は、その男には屈しなかった——そして逃げるために男に火を付けたんだ。幸か不幸か彼は一命を取り留めた。彼は名士の息子で、事件は公にもならなかった。だけど両親は以来僕を随分心配して、外出の際は慎重すぎるほど慎重になったんだ」

そう言って紫苑さんはシャツを脱ぐ。

露わになった右手の二の腕には、引きつったような火傷の痕があった。

ああ……と僕の喉の奥から溜息が出ると同時に、涙が一筋滑り落ちた。

「だから……」

まさかそんな、苦しい理由だったなんて……。

「違うよ、ふふふ」

「え？」

だけど、呆然とする僕を笑うように、紫苑さんは首を横に振った。

「あの日、僕を救ってくれた人との約束なんだ。彼女は僕がどんな人間なのか、この世で唯一、全てを見抜いた人だった——だから約束したんだ、『一人で外には出ない』事を。だってそっちの方が——ルールが、制限がある方が、世の中は面白いから」

「……面白い？」

僕は更に困惑した。紫苑さんの姿が、やけに遠く見えるような気がした。

「退屈は狂気だ。この世はあんまり退屈で、やがて僕には全てが容易くなるだろう。そしてその退屈さは僕の全てを壊す——そう教えてあの美しい人は、幼い僕にいくつかのルールを課していった……この消えない火傷の痕と共に」

彼はそれを、あたかも慈しむように、左手の指先で撫でた。

昏い目をした紫苑さんの、病的なほど白い肌に、生々しく残る古い傷。

「僕は僕を壊さない為に、彼女の決めたルールを破らない——君の事も傷つけない。絶対にだ」

「——え？　僕も、ですか？」

どうして？　と問いかけた時、脱衣所に宿泊客が入ってきた。

お話の時間は終わりだ。

紫苑さんは僕を残し、浴場の湯気の中に消えてしまった。

「…………」

今聞いた事を、上手く整理するのには、少し時間が必要だと思った。

けれど……不思議と彼が嘘をついていた気はしない。

きっと彼は本当に、その『約束』を守っているのだろう——『ルール』という制約の中で、泳ぐのを楽しんでいるんだ。

そこでふと、僕は気がついた。

「じゃあ……一人じゃなかった？」

思わず声に出してしまうと、見知らぬ宿泊客が怪訝そうに僕を見た。

慌てて口を噤み、僕も浴場に逃げるように向かう。

でも——そうなんだ。

彼はきっと、今日は一人じゃなかったんだ。

そして——あの時も。

金色の雨が降る中、僕は紫苑さんと出会った。

あの時、彼と一緒にいた『もう一人』は誰だったんだろう？

だけどどれだけ記憶を辿っても、僕にその答えは見つからなかった。

エピローグ

旭川に来て二ヶ月を過ぎた頃、新しくなったのはレイの存在だけじゃなくて、僕のスマホが前よりももうちょっと騒がしくなった。

随分通知が増えるようになったのだ。

勇気さんだったり、菊香だったり、内容もなんだか雑談だったり——その、つまりは友達みたいな他愛ない内容だ。

特に菊香とは、毎日なんだかんだとくだらないやりとりをしている。

話題に困っても、犬の話題は尽きることを知らないので気が楽だ。

そしてあんなにしっかりしていい子の菊香だったけど、彼女は学校のお勉強はあんまり……らしい。

受験生なのに大丈夫なのか？　って程に。

時々電話やメールで教えてあげているうちに、週一〜二回、駅前なんかで待ち合わせて、何時間か勉強を見てあげる事になった。

人に教えるのは、自分の勉強にもなるからいい。

菊香が理解できるように、わかりやすくかみ砕くのも、僕自身の学力のささやかな底上げになる気がする。

勇気さんとは、また休みを合わせて近場でキャンプする予定だ。

もしもう少し長い休みが取れるなら、寿都で見かけた海岸線の野営場に泊まるのもいいな、なんて話している。


「……なんか、不思議だね、レイ」

寝る前に、レイを散歩に連れ出した僕は、チャッチャッチャッチャと軽い音を立てて歩く、白い毛並みにそう話しかけた。彼女はちらっと振り返って僕を見たけれど、相変わらず僕と話す気なんてないという体で、黙々と歩いている。

「君と出会う事だって、全く予想してなかったんだよ」

そんな背中に、僕は苦笑いで話し続けた。

空を見上げると、揺りかごのような半月が、静かに笑っている。

そのすぐ傍で、月明かりに負けない金星が瞬いていた。

「……月のない夜は、あんなに僕は独りだと思ったのに」

きっと分厚い曇りの夜も、新月の夜半だって、手を伸ばせば君は僕の傍にいるんだろう。

なんだかほっとして、嬉しくなった僕は思った。

「……そっか。いつも僕は、ちゃんと手を伸ばしてなかったんだ」

本当はちゃんと、僕の傍に愛してくれる人達がいたのに。

「………」

取り出したスマホでピコンと月を撮影して、菊香に送信する。

『今日は月が綺麗だよ』

初めて僕から送ったメールを、どうやら菊香はすごく喜んでくれたらしい。

彼女はその晩、これでもかといつもの三倍近い文章量のメールを僕に送ってくれた。

本書は書き下ろしです。
この作品はフィクションです。実在の人物、団体等とは一切関係ありません。

角川文庫発刊に際して

角川源義

第二次世界大戦の敗北は、軍事力の敗北であった以上に、私たちの若い文化力の敗退であった。私たちの文化が戦争に対して如何に無力であり、単なるあだ花に過ぎなかったかを、私たちは身を以て体験し痛感した。西洋近代文化の摂取にとって、明治以後八十年の歳月は決して短かすぎたとは言えない。にもかかわらず、近代文化の伝統を確立し、自由な批判と柔軟な良識に富む文化層として自らを形成することに私たちは失敗して来た。そしてこれは、各層への文化の普及滲透を任務とする出版人の責任でもあった。

一九四五年以来、私たちは再び振出しに戻り、第一歩から踏み出すことを余儀なくされた。これは大きな不幸ではあるが、反面、これまでの混沌・未熟・歪曲の中にあった我が国の文化に秩序と確たる基礎を齎らすためには絶好の機会でもある。角川書店は、このような祖国の文化的危機にあたり、微力をも顧みず再建の礎石たるべき抱負と決意とをもって出発したが、ここに創立以来の念願を果すべく角川文庫を発刊する。これまで刊行されたあらゆる全集叢書文庫類の長所と短所とを検討し、古今東西の不朽の典籍を、良心的編集のもとに、廉価に、そして書架にふさわしい美本として、多くのひとびとに提供しようとする。しかし私たちは徒らに百科全書的な知識のジレッタントを作ることを目的とせず、あくまで祖国の文化に秩序と再建への道を示し、この文庫を角川書店の栄ある事業として、今後永久に継続発展せしめ、学芸と教養との殿堂として大成せんことを期したい。多くの読書子の愛情ある忠言と支持とによって、この希望と抱負とを完遂せしめられんことを願う。

一九四九年五月三日

涙雨の季節に蒐集家は、
夏に遺した手紙

太田紫織

令和3年 12月25日　初版発行

発行者●青柳昌行

発行●株式会社KADOKAWA
〒102-8177　東京都千代田区富士見2-13-3
電話　0570-002-301（ナビダイヤル）

角川文庫 22965

印刷所●株式会社暁印刷
製本所●本間製本株式会社

表紙画●和田三造

●お問い合わせ
https://www.kadokawa.co.jp/（「お問い合わせ」へお進みください）
※内容によっては、お答えできない場合があります。
※サポートは日本国内のみとさせていただきます。
※Japanese text only

ISBN 978-4-04-111971-6　C0193